（……破滅？　わたくしが？）
十五歳の誕生日を迎えた朝、突然覚醒した配信スキル。
虚空に浮かぶ光の板《ウインドウ》に流れるリスナーの予言《コメント》で、
侯爵令嬢カサンドラは破滅の運命を知ることに!?
カサンドラ
チャンネル登録しました
乙女ゲームの悪役令嬢だ!
悪役令嬢の破滅実況だな
侯爵令嬢の
破滅実況
破滅を予言された悪役令嬢だけど、リスナーがいるので幸せです

聖女
セシリア
（なぜこんなことに……っ）
「侯爵家に遊びに行きたい」
聖女セシリアのお願いを
聞いただけのはずだったカサンドラ。
しかし、帰路の途中、
王国の騎士たちに取り囲まれた上、
王太子ローレンスが現れる。
それは、まるでリスナーから聞いた
断罪シーンのようで――。
お嬢様、しっかり！
早々に破滅か？

「密告があった。聖女を連れ去り、私欲のために利用しようとしていると」
王太子
ローレンス
騎士
ニコラス
誰かに嵌められた？
運命は変わらないのかも
聖女もグルなんじゃないか？

「あ、終わりましたわーっ」
闇ギルド〝赤い月〟と交渉するために
スラムにやってきたカサンドラ。
しかし、成敗した不届き者が
実は〝赤い月〟の構成員で――!?
大丈夫か?
詰んだ?
なんかリスナーに染まってきてるな
闇ギルドの主《マスター》
ヴェイン

侯爵令嬢の
破滅実況
破滅を予言された悪役令嬢だけど、
リスナーがいるので幸せです
著 緋色の雨
たらんぼマン
王太子との婚約＝破滅
この侍女裏切るよ
破滅は3年後。
聖女を選んだ王太子に断罪される
未来は変えられる。
一緒にバッドエンド回避を目指そう!

口絵・本文イラスト：たらんぼマン
デザイン：アオキテツヤ（ムシカゴグラフィクス）

Contents

プロローグ

カサンドラ・エクリプス。

エクリプス侯爵家《こうしゃくけ》のご令嬢《れいじょう》である彼女《かのじょ》は幼くして両親を失った。家門は兄が護《まも》ってくれたけれど、カサンドラは寂《さび》しい幼少期を過ごすことになる。

それでも、成長した彼女は想《おも》い人である王太子と婚約《こんやく》を果たし、幸せな人生を送る——はずだった。王太子が聖女を選び、カサンドラとの婚約を解消してしまうまでは。

幼くして両親を失い、愛情に飢《う》えて育ったカサンドラは、愛する婚約者の裏切りに耐《た》えられなかった。そうして嫉妬《しっと》に狂《くる》った彼女は悪事を働いて破滅《はめつ》する。

壮絶《そうぜつ》な最期《さいご》を迎《むか》える彼女は、乙女《おとめ》ゲームの悪役令嬢である。

しかし、乙女ゲームの世界を生きる彼女が自らの運命を知ることは決してない。

——本来であれば。

（……これは、なにかしら？）

十五歳《さい》の誕生日を迎えた朝。天蓋《てんがい》付きのベッドで身を起こしたカサンドラは目をゴシゴシと擦《こす》った。虚空《こくう》に、光を帯びた半透明《はんとうめい》の板が浮《う》かんでいたからだ。

手を伸《の》ばすが触《ふ》れることは出来ない。けれど、その行動に対して反応があった。その光の板に、いくつかのメッセージが浮かび上がったのだ。

『お、目を覚ました』

『おはよう。初実況《はつじっきょう》が睡眠配信《すいみんはいしん》とか斬新《ざんしん》すぎるだろ（笑）』

『ってかこれ、リアルだよな？　ヴァーチャルじゃなくて』

『どっかのお城か？　セットにしても金を掛《か》けすぎだろ』

『所属を書いてないけど個人勢？　絶対どっかの仕込《しこ》みだよな？』

寝《ね》ぼけ眼《まなこ》を擦りながら、その身を起こしたカサンドラは虚空に浮かぶ板を覗《のぞ》き込《こ》む。

（光る半透明の板に、次々と言葉が表示されていますわね。……それに、この内容。わたくしのことを言っていますのよね？　一体、なんですの？）

「貴方《あなた》、何者ですの？」

『声、可愛《かわい》い！』

そんな言葉がいくつか流れ、続けて『視聴《しちょう》確定』や『チャンネル登録しました』といった、カサンドラには理解できない言葉が流れていく。

「声を褒《ほ》められて悪い気はしませんが、わたくしの質問に答えてはいただけませんの？」

『何者かって言われても……あ、リスナーの呼称《こしょう》のことか』

『いや、名称って言ったってさ。設定が分からないと答えようがないだろ？』

『だよな？　いまのとこ、寝てる姿を配信してただけだし』

（……先に名乗れと、そういうことでしょうか？）

カサンドラは現状の把握《はあく》に努める。

けれど、自分の私生活が異世界で配信されており、それを見たリスナーがコメントをしている。そんな事実、カサンドラに分かるはずもない。

とはいえ、複数の人間が文章を書いていることは、コメントの流れから察していた。

「仕方ありませんわね。今回だけは特別に、わたくしから名乗って差し上げますわ」

カサンドラは肩口《かたぐち》に零《こぼ》れ落《お》ちたホワイトブロンドの髪《かみ》を手《て》の甲《こう》で払《はら》いのけた。

『ツンデレｗｗｗ』

『ツンデレお嬢様だったか（笑）』

「ツンデレ？　なんですの、それは。というか、人の前口上によく分からないちゃちゃを入れるのは止《や》めていただけるかしら？　ぶっとばしますわよ？」

『ぶっとばしますわよｗ』

『ぜひぶっとばしてください！』

『俺《おれ》はむしろ踏《ふ》まれたい！』

ウィンドウがそんなコメントであふれ、収拾《しゅうしゅう》がつかなくなる。

これが普通《ふつう》の配信者であれば、コメントが流れる中でも自己紹介《じこしょうかい》を進めたかもしれない。だが、状況《じょうきょう》を理解できていないカサンドラに、そんな対応を求めるのは酷《こく》である。

驚《おどろ》くべき動体視力でコメントを読んでいたカサンドラは、気になる一文を目にした。

『コメントばっかり見てないで、そろそろカメラの方を向いてくれよ。なんでコメント欄《らん》の斜《なな》め後ろにカメラを設置してるんだ？』

「……カメラ？」

無論、中世のヨーロッパをモデルにしたような世界で暮らすカサンドラにカメラが分かるはずもない。だが、コメントの内容からなんとなくの意味を察して振《ふ》り返《かえ》る。

そこには、レンズの付いた球体が浮かんでいた。

「……これがカメラ、ですの？」

虚空に浮かぶそれを掴《つか》んで覗き込む。

こちらは半透明のウィンドウと違《ちが》って掴むことが出来た。そのカメラを持ったまま振り返り、ウィンドウに視線を戻《もど》せばコメント欄が物凄《ものすご》い勢いで流れだした。

『美少女きちゃあああああ！』

『やばい、顔のドアップの破壊力《はかいりょく》が想像以上にヤバイ！』

『ホワイトブロンドの髪は分かるけど……紫色《むらさきいろ》の瞳《ひとみ》!?』

『え、カラコン？　ってか、これって、加工した画像か？』

『なに言ってんだ。こんなリアルタイムで顔を加工できる訳ないだろ』

『ってか、この顔、何処《どこ》かで見たことないか？』

『お嬢様、お胸の谷間が見えそうです！』

コメントを眺《なが》めていたカサンドラは、その一文を目にした瞬間《しゅんかん》に硬直《こうちょく》した。いままでのやりとりから、そのカメラを通して多くの者が自分の姿を見ていることを自覚する。

（ちょ、ちょっと待ってください。いまのわたくしは、たしか……）

恐《おそ》る恐る視線を落とせば、自分の上半身が目に入る。

シルクのネグリジェ。決して露出《ろしゅつ》が多いデザインではないけれど、上から覗き込めば胸元《むなもと》がちらりと見える程度には無防備な寝間着《ねまき》。

「な、なにを見てるんですのよ⁉」

カサンドラはカメラを思いっ切りぶん投げた。だが、カメラは壁《かべ》に叩《たた》き付けられる前に自ら制動を掛けて、部屋の隅《すみ》で静止した。

カサンドラは手元にあった掛《か》け布団《ぶとん》を引き寄せて上半身を隠《かく》す。

『眼福だった』

『可愛い』

『切《き》り抜《ぬ》かれるやつ』

『イケナイことをしてる気がしてきた』

『通報しました』

『ってか、カメラ投げんな（笑』

「お、乙女の柔肌《やわはだ》をなんだと思っているんですか！　あっち向いてなさいよ！」

カサンドラが理不尽《りふじん》に叫《さけ》ぶ。この状況を視聴しているリスナーは、配信されている動画を見ているだけなので、見るなと言われても……といったところ。

だが次の瞬間、虚空に浮かぶカメラが後ろを向いた。

『急に視界が壁に（笑』

『誰《だれ》がカメラを回したんだよｗ』

『スタッフかな？』

ひとまずの難は逃《のが》れた。それをコメントから察したカサンドラは呼《よ》び鈴《りん》を鳴らす。ほどなくして、カサンドラの侍女達《じじょたち》が部屋に入ってきた。

「カサンドラお嬢様、おはようございます。お着替《きが》えですか？」

侍女の声に『**ガタッ**』とか『**REC**』といったコメントが流れ始める。

そのウィンドウから視線を外し、カサンドラは「そのまえに、あれを片付けなさい」と、虚空に浮かぶカメラを指差した。

だが、侍女は怪訝《けげん》な顔をする。

「あれ……というと、花ビン、ですか？」

「……花ビン？　いえ、その手前に浮かんでいるでしょ？」

カメラのことを説明するが、侍女達は首を傾《かし》げるばかりだ。まさかと思ったカサンドラが、ウィンドウについても聞いてみるが、反応は同じようなものだった。

（……どういうこと？　まさか、わたくしにしか見えていない？）

やはり得体の知れないなにかであることは間違いない。そう判断したカサンドラは侍女を下がらせる。そうして上着を羽織り、カメラをひっつかんで自分の方へ向ける。

だが、コメント欄を目にしたカサンドラはある書き込みを見て瞬《またた》いた。

そこには、自分の名前が書き示されていたからだ。

「たしかにわたくしはエクリプス侯爵家の息女、カサンドラ・エクリプスですわよ？」

カサンドラが答えた瞬間、コメント欄の流れが爆発的《ばくはつてき》に加速した。

『やっぱり乙女ゲームの悪役令嬢だ！』

『ってことは……制作会社の宣材か⁉』

『いやいや、発売してから何年経《た》ってると思ってるんだよ』

『だな。それに、宣材にしては金を掛けすぎだろ』

と、そのようなコメントがものすごい勢いで流れていく。

（乙女ゲーム？　悪役令嬢？　なんのことかしら？）

困惑《こんわく》するカサンドラ。

だが、同じように事情を理解できないリスナーも多くいるようで、『なにそれ？』といったコメントも流れている。そして事情を知るリスナーの一人が、彼《かれ》らの疑問に答えた。

『カサンドラ・エクリプス。ヒロインに嫉妬して破滅する、乙女ゲームの悪役令嬢だよ』

（……破滅？　わたくしが？）

この日、乙女ゲームの登場人物でしかなかった彼女が自分の運命を知った。

エピソード1　侯爵令嬢《こうしやくれいじよう》はリスナーにネタバレを喰《く》らう

1

　カサンドラはノヴァリス王国でも有数の力を持つ、エクリプス侯爵家のご令嬢だ。その未来は輝《かがや》かしくあるべきで、破滅《はめつ》する未来など想像も出来ない。

　なのに――

（この人達《ひとたち》、わたくしが破滅することを微塵《みじん》も疑っていない）

　普通《ふつう》に考えればあり得ない。けれど、それを妄信《もうしん》している風でもなく、ただ当たり前の出来事として受け止めている集団に対して警戒心《けいかいしん》を抱《いだ》く。

「わたくしが破滅するというのは、どういうことですか？」

『なるほど、自分の未来は知らないということか』

『設定がしっかりしているわね』

『ラノベで流行の転生者とか憑依者《ひょういしゃ》でもなければ、自分の未来を知るはずがないからなぁ』

　次々に流れるコメントはけれど、カサンドラの望んでいるものではなかった。

「わたくしの質問に答えてくださいまし！」

『おぉ、迫真《はくしん》の演技』

『もしかして、新鋭《しんえい》の役者を売り出す企画《きかく》も兼《か》ねてるのか？』

カメラに詰《つ》め寄《よ》るも、やはり質問には答えてもらえない。焦燥感《しょうそうかん》に駆《か》られたカサンドラが拳《こぶし》を握《にぎ》り締《し》めた直後、一つのコメントが目に飛《と》び込《こ》んできた。

『マジレスすると、カサンドラ・エクリプスは乙女《おとめ》ゲームの登場人物だ』

「その乙女ゲームというのはなんなんですか？」

小首をかしげれば、一呼吸を置いて反応がコメント欄《らん》に表示される。

『乙女ゲームも分からない設定か（笑』

『たしかに、異世界には乙女ゲームなんてないだろうしな』

『乙女ゲームっていうのは、まぁ……そっちで言う、娯楽小説《ごらくしょうせつ》みたいなものと思っておけばいいよ。たしか、登場人物の中に読んでいた奴《やつ》がいるから、娯楽小説は分かるよな？』

「娯楽小説？　わたくしが小説の登場人物だとおっしゃるの？」

続けての質問。

さきほどと同様に、一呼吸置いて問いに対する返事が表示される。

『そうそう。それも、嫉妬《しっと》に駆られて破滅するお嬢様だ。たしか、密《ひそ》かに慕《した》う王太子殿下《おうたいしでんか》と婚約《こんやく》するも、王太子殿下はヒロインのセシリアに想《おも》いを寄せて……って設定だったかな』

その言葉にカサンドラは息を呑《の》んだ。

家柄《いえがら》を考えれば、カサンドラが王太子と婚約する可能性は誰《だれ》だって想像できる。だが、カサンドラが王太子を慕っているのは、誰にも打ち明けていない秘密だったからだ。

王太子とそれほどの接点がある訳でもなく、気取られるような行動も取っていない。たとえエクリプス侯爵家に間者が忍《しの》び込《こ》んでいたとしても知り得ない情報だ。

（ただの当てずっぽう？　それとも……いいえ、判断するのはまだ早いですわ）

「そのセシリアというのは何処《どこ》のどなたなんですの？」

『エメラルドローズ子爵家の令嬢だったかと』

「……エメラルドローズ子爵家？　あらあら、化けの皮が剥《は》がれましたわね。エメラルドローズ家に、セシリアなどという娘《むすめ》はおりませんわっ！」

『このお嬢様、貴族の家族構成を全部覚えているのかよ（笑）』

『いやいや、さすがにそういう設定だろ。俺《おれ》らの言うことを信じない、みたいな』

『ということは、〝そんなこと、あり得ませんわーっ！〟とか言いながら破滅まっしぐらのお嬢様をこれから見せられるってこと？』

『悪役令嬢の破滅実況だな』

『破滅実況ワロタｗ』

好き勝手にコメントが流れていく。

「よく分かりませんが、馬鹿《ばか》にされていることだけは分かりますわよ！　エメラルドローズ家にセシリアという令嬢がいない以上、間違《まちが》っているのはあなた方ですわっ！」

『たしかに、エメラルドローズ子爵家にヒロインがいないならおかしいな』

『実は、乙女ゲームに似た別の世界という設定とか？』

『いや、セシリアはたしか、庶民《しょみん》の娘が聖女の力に目覚め、十四歳《さい》の頃《ころ》にエメラルドローズ家の養女になった――とか、そんな設定だったはずだ』

「聖女なんて伝説上の存在ではありませんか。それに、もし聖女が現れたとしても、養女になったばかりで教養のない娘を、ローレンス王太子殿下が見初《みそ》めるはずありませんわっ！」

高笑いして勝《か》ち誇《ほこ》る。

それに対してコメントも加速するが、カサンドラはそれをもう気にしなかった。


その後、カサンドラはカメラを捨てようとしたが出来なかった。部屋を閉め切った状態で外に捨てても、壁《かべ》を透過《とうか》して戻《もど》ってきてしまうのだ。

やがて捨てることを諦《あきら》めたカサンドラは、カメラを壁に向けて侍女《じじょ》を呼んだ。

「お呼びですか、お嬢様」

「リズ。朝食を摂《と》るから、着替《きが》えの手伝いをお願い」

「かしこまりました」

専属の侍女であるリズを筆頭に、侍女達がカサンドラの着替えを手伝い始める。

カメラの存在は気になったが、幸いにしてカサンドラの意思を汲《く》んでいるようで、着替え中にレンズがこちらを向くといったハプニングは起きない。

そうして着替えていると、リズが不意に口を開いた。

「ところで、カサンドラお嬢様はもう耳になさいましたか？」

「なんのことかしら？」

「最近、この国に聖女が現れたという噂《うわさ》です」

ひゅっと、カサンドラの喉《のど》から息が漏《も》れた。

「……せ、聖女？　ほんとに聖女なの？」

「にわかには信じられませんわよね。ですが、ある貴族が養女に迎《むか》える手続きをしているそうで、かなり信憑性《しんぴょうせい》の高い話、ということですわよ」

「……そう。ちなみに、その貴族というのは……」

「そこまでは……申し訳ありません」

カサンドラは黙考《もっこう》する。

（リズも詳細《しょうさい》を知らない噂。つまり、最近流れ始めた噂に違いありませんわ。では、あのコメントの言葉は、事実……ということですの？）

もちろん、事前にその情報を仕入れての仕込みという可能性もある。

けれど――

「やはり朝食はもう少し後でいただきますわ」

「え、カサンドラお嬢様？」

「後で呼びますわ」

着替えを終えたカサンドラはリズ達侍女を部屋から追い出してベッドの上へと上がり、カメラを手に取って覗《のぞ》き込《こ》んだ。

「さきほどのやりとり、聞こえていましたわよね？　どういうことですの？」

『高速フラグ回収お疲《つか》れ（笑）』

『まるでタイミングを計ったかのような情報公開だったなｗ』

『侍女達、二度も追い出されて困惑《こんわく》してそうｗ』

「茶化さないでくださいまし。あなた方は……神かなにかなのですか？」

『いやいや、ただのリスナーだって』

「リスナーという神様なのですか？」

カサンドラが首を傾《かし》げれば、再びコメントが加速する。

『リスナーは神様ですってか？（笑）』

『おい馬鹿止めろ、絶対勘違《かんちが》いして調子に乗る奴らが出てくるから』

『取《と》り敢《あ》えず、コメントを書いている人の総称《そうしょう》がリスナーだって思っておけばいいよ』

似たようなコメントが数多く流れているが、要約すればいまの三種類だった。ひとまず、コメントを書いている人達はリスナーと言うらしい、とカサンドラは納得《なっとく》する。

「ではリスナーの皆《みな》さん、わたくしが破滅するというのは事実なのですか？」

『そう言っただろ？』

「ですが、未来予知なんて、にわかには信じられませんわ。事前入手した情報を使っての仕込みもある、とわたくしは思っています」

『疑《うたぐ》り深い。だが、嫌《きら》いじゃない』

『つっても、他に証明する方法なんてあったっけ？』

再びコメントが流れ、カサンドラはそのうちの一つに目を留めた。

「リズが裏切る？　それはなんの冗談《じょうだん》ですの？」

『残念だけど冗談じゃないぞ。信頼《しんらい》している彼女《かのじょ》に裏切られたカサンドラお嬢様は心に深い傷を負い、それが切《き》っ掛《か》けで悪役令嬢の道を歩み始めるんだからな』

「そんな……」

カサンドラの両親は他界している。

兄はいるが、若くしてエクリプス侯爵家の当主になった彼《かれ》はいつも忙《せわ》しなくしている。兄妹《きょうだい》の仲が悪い訳ではないが、カサンドラにかまってくれることは滅多《めった》にない。

端的《たんてき》に言って、カサンドラは愛情に飢《う》えている。

そんなカサンドラだから、五年前から専属の侍女として仕えてくれているリズを姉のように慕っている。そのリズが裏切ると言われては心中穏《おだ》やかではいられない。

『たしかカサンドラお嬢様が十五歳になったその日、パーティー客の一人に買収されて、既成事実《きせいじじつ》を作る手引きをして罪に問われる、とか、そんな話だったはずだ』

「十五歳の誕生日？　今日ではありませんか！」

『なら、すぐにその侍女を尋問《じんもん》した方がいい。悪役令嬢――カサンドラお嬢様が人間不信になり、破滅へ向かう最初のイベント、みたいなモノだからな』

『タイミングがご都合主義w』

『いや、だからこそ、今日が配信スタートなのかもしれないぞ』

好き勝手なコメントは受け流し、リズが裏切る可能性について考える。リズはメイドではなく侍女だ。つまり、身元がしっかりした貴族の娘である。

（なのに、リズがわたくしを裏切る？　とても信じられません。でも、信じられないからこそ、もしも本当にわたくしを裏切ったのなら……）

彼らの予言は真実なのかもしれない。カサンドラはリスナーから詳細を聞き、それが事実かたしかめるための一計を講じることにした。

2

カサンドラの誕生日パーティーは毎年おこなわれる。けれど、彼女の両親は他界しており、唯一《ゆいいつ》の肉親である兄はパーティーに顔を出さないことがほとんどだ。

それゆえ、カサンドラのことを兄に見放された娘として揶揄《やゆ》する者も少なくない。しかしながら、カサンドラが侯爵令嬢であるのは純然たる事実である。

ゆえに、彼女を手に入れ、エクリプス侯爵家の権力を我が物《わがもの》にしようと考える不届き者も存在する。カサンドラの侍女、リズが裏切るのはそういった人間に利用された結果である。

——というのが、リスナーから聞かされた話のまとめである。

「それでわたくしが心に深い傷を負う、という訳ですわね」

『未遂《みすい》らしいけどな。ただ、侍女に裏切られたことがショックだったみたいだ』

「それは、そうでしょうね……」

もしもリズに裏切られ、そんな目に遭《あ》うのなら立ち直れる自信がないと俯《うつむ》いた。カサンドラは、どうすればそれを未然に防げるかを考える。

そうしてリスナーに意見を求めるが――

『未然に防ぐのは止《や》めた方がいいと思われる』

『カサンドラお嬢様は信じたくないと思うけど、リズが裏切るような人間であるのは事実なんだ。もしここで未然に防いだら、次はどのタイミングで裏切られるか分からないぞ』

『そうだな。黒幕も牽制《けんせい》できないし、次も未然に防げるか分からないもんな。問題を先延ばしにしたら、取り返しのつかない結果になるかもしれないぞ』

『認めたくないのは分かるけど、現実から目を逸《そ》らしちゃダメだ』

返ってきたのは未然に防ぐことに対する否定的な意見ばかりだった。それを見たカサンドラ自身も、リスナーの意見に一理あると思い始める。

「皆さんのおっしゃるとおりですわね。わたくしはリズが裏切るなんてあり得ないと思っています。だけど、だからこそ、皆さんの言葉が本当か確認《かくにん》するべきだと思いました」

リズが裏切らないことを願って、カサンドラは行動を開始した。

まずはリズに用事を申しつけ、他の侍女達と別行動をさせる。同時に、他の侍女にはリズの様子がおかしいことを伝え、しばらく監視《かんし》するように命じる。

そうして、何事もないようにパーティーに参加した。

カサンドラを見下している者が多いのは事実だが、中にはそうじゃない人間もいる。カサンドラはそういった者達から情報を集め、聖女が現れた事実を確認した。

聖女を迎えたのは、エメラルドローズ子爵であっているようだ。

（リスナーの予言が真実味を帯びてきましたわね。であるならば、リズの件も本当に……）

姉のような存在が自分を売るかもしれない。

そんな事実が彼女の胸を抉《えぐ》った。

それでもカサンドラは胸を張り、パーティーでの主役としての役割を果たしていく。

ほどなくして侍女のエリスが近づいて来ると、そっとカサンドラに耳打ちをする。

「……それは、本当ですの？」

「はい。彼女自身が零《こぼ》したことです」

目を見張るカサンドラに対し、エリスは真剣味《しんけんみ》のある顔で頷《うなず》く。

「分かりましたわ。教えてくれてありがとう」

「……いいえ」

エリスはそう言って目を伏《ふ》せる。その様子から彼女の言葉が真実であることを直感的に感じ取ったカサンドラは、すぐに計画の見直しをおこなった。

『なんだ？　カサンドラお嬢様、なにを言われたんだ？』

『なんか、目つきが変わったよな？』

『流れが変わった予感』

リスナーのコメントが多く表示される。それに答えようとカサンドラが口を開く直前、今度はリズが近付いてきた。カサンドラは平常心を装《よそお》ってリズを迎える。

「わたくしになにか用事ですの？」

「はい。休憩室《きゅうけいしつ》でお客様がカサンドラお嬢様をお待ちです。なんでも重要な話がある、と」

「……あら、何処のどなたかしら？」

「エメルダ様でございます」

カサンドラと交流がある令嬢の名前。だが、おそらく嘘《うそ》なのだろう。カサンドラは唇《くちびる》をきゅっと結び、分かったわ——と、休憩室へと向かおうとする。

「——カサンドラお嬢様」

不意にリズに呼び止められた。

「なにかしら？」

ある種の期待を抱いて振《ふ》り返《かえ》る。けれど、リズは少し視線を彷徨《さまよ》わせた後、「いいえ、なんでもありません」と小さく頭を振った。

「……そう？　本当になにもない？」

「それは……はい。呼び止めて申し訳ありません。私はカサンドラお嬢様に届いたプレゼントを片付けるので、しばらく席を外しますね」

そう言って、彼女は去って行ってしまう。

「……リズ、どうして」

止めてくれないの――と、カサンドラは顔を歪《ゆが》ませた。

『お嬢様、哀《かな》しそう』

『ここで踏《ふ》みとどまってくれればなぁ』

『カサンドラお嬢様、元気出して』

『証拠《しょうこ》を掴《つか》むまでは終わってないよ！』

リスナーのコメントが加速する。

（そうですわ。まだ終わっていない。リズを悪の道に引きずり込んだ奴を捕《つか》まえましょう）

カサンドラはちらりと周囲を見回し、他の侍女が自分の命令に従っていることを確認。小悪党が待っているという、休憩室へと足を運んだ。

カサンドラが部屋に入った直後、外から扉《とびら》の鍵《かぎ》を掛けられる。そうして驚《おどろ》くフリをするカサンドラを出迎えたのは、以前からカサンドラに言い寄っている令息だった。

「これは……どういうことですの？」

「カサンドラがいつまでも恥《は》ずかしがって、俺の思いに応《こた》えてくれないのが悪いんだ。だから、キミの侍女にお願いして、この場を設けてもらったという訳さ」

（そう、彼が黒幕なのね）

彼はエクリプス侯爵家の傍系《ぼうけい》、カプリクス子爵家の令息だ。彼は親戚《しんせき》の立場を利用して、カサン

ドラに幾度《いくど》となく言い寄っている。

『**カサンドラお嬢様、もう十分だ。外に配置した護衛の騎士《きし》を呼ぼう**』

この時点で事態を収拾《しゅうしゅう》すれば、令息を断罪することは難しい。けれど、カサンドラを閉じ込めたリズを断罪し、令息に対する牽制とするならこのタイミングでかまわない。

むしろ、これ以上はカサンドラの醜聞《しゅうぶん》となり得る。ゆえに、閉じ込められた段階で騎士を呼ぶのが、リスナーと話し合って決めた手はずだった。

にもかかわらず、カサンドラは騎士を呼ばない。

「さぁ、カサンドラ。俺と愛を確かめ合おう」

令息が獲物《えもの》を追い詰めるよう、ゆっくりと近付いてくる。カサンドラは横目で部屋の位置関係を確認しながらじりじりと後ずさった。

『**なにやってるんだ！　早く護衛の騎士を！**』

『**放送できない展開に⁉**』

『**カサンドラちゃん、逃《に》げて！**』

コメントでいくつも悲鳴が上がる。

それでも、彼女はぐっと助けを呼ぶのを我慢《がまん》した。

「カサンドラ、なにか言ってくれよ」

「……そうですわね。では一言だけ。――気持ち悪いですわ」

令息を蔑《さげす》むように見下した。

『**気持ち悪いｗ**』

『**ストレートに辛辣《しんらつ》**』

『**もっと罵《ののし》ってください！**』

『**いや、煽《あお》ってどうする⁉**』

流れるコメントを横目に、カサンドラはベッドの位置を確認。さり気なくそちらの方へと後ずさっていく。そうしてついに、彼女のふくらはぎにベッドの縁《ふち》が触《ふ》れた。

その瞬間《しゅんかん》、カサンドラは不敵に笑った。

「こんな手段で、わたくしを手に入れられると思っているのですか？　もう少し、身《み》の程《ほど》というものをわきまえたほうがよろしいのではなくて？」

「こ、この、下手に出たらつけあがりやがって！」

令息が掴みかかってくる。カサンドラはその腕《うで》を掴み、わざと後ろにあるベッドに倒《たお》れ込《こ》んだ。腕を掴まれていた令息は為《な》す術《すべ》もなく一緒《いっしょ》に倒れ、カサンドラの上へと覆《おお》い被《かぶ》さる。

「――来なさい！」

カサンドラが合図を送る。

次の瞬間、ドアが激しい音を立てて開かれ、そこから騎士達が流れ込んできた。そんな彼らが目にしたのは、カサンドラをベッドに押《お》し倒した令息の姿。

「貴様、お嬢様になにを！」

「ち、違う。俺はただ――」

「わたくしを襲《おそ》おうとした不届き者よ、引っ捕《ひと》らえなさい！」

「――はっ！　カサンドラお嬢様を害した不届き者だ、連れていけ！」

騎士の隊長が指示を出し、他の騎士が令息を連行して行く。それを横目に、カサンドラは他の侍女達に囲まれて項垂《うなだ》れるリズの姿を目の当《まあ》たりにした。

状況《じょうきょう》を確認するため、もう一人の専属侍女、エリスに視線を向けた。

「外から鍵を掛けたのはリズです」

「……そう」

彼女は席を外す振りをした後、カサンドラの後を追い掛けて部屋の外から鍵を掛けた。アリバイ作りをしていることからも、自分が悪事に加担している自覚はあったのは確定だ。

「……リズ、申し開きを聞きましょう」

「申し訳、ございません……っ」

リズはその場に平伏《ひれふ》し、重苦しい雰囲気《ふんいき》が休憩室を支配する。

「リズ、なぜこんなことをしたの？」

原作のカサンドラはその理由を尋《たず》ねなかった。

未遂とはいえ男性に襲われかけたカサンドラはショックを受けて部屋に引き籠《ひこ》もり、そのあいだに兄のレスターがリズを断罪してしまったと、リスナーから聞かされている。

「申し訳ありません、お嬢様」

「わたくしは、理由を訊《き》いているのよ」

「申し訳ありません。申し訳ありません……っ」

ひたすら平伏《へいふく》する姿をまえに溜《た》め息《いき》を吐《は》く。

「ならばわたくしから説明しましょう。弟の治療《ちりょう》に、お金が必要だったのでしょう?」

「なぜ――っ⁉」

それを知っているのかと、彼女は途中《とちゅう》でセリフを呑み込んだ。

必死に隠《かく》そうとする姿勢は健気《けなげ》だが、カサンドラは既《すで》にエリスから事情を聞いている。リズの実家は資金繰《しきんぐ》りが思わしくなく、そこに弟が重い病気に罹《かか》って大変らしい、と。

『さっき耳打ちされてたのはそれか』

『これは、弟の薬代と引《ひ》き換《か》えに裏切られたパターン』

『カサンドラちゃん可哀想《かわいそう》』

『リズも可哀想じゃね?』

『だとしても、主《あるじ》を裏切っていい理由にはならねぇよ』

コメントでも様々な意見が飛《と》び交《か》っている。それを眺《なが》めながらカサンドラが考えていたのは、いままでリズと過ごした時間だ。

両親を失って寂《さび》しい日々を送るカサンドラに愛情を注いでくれたのはリズだった。そんな相手に裏切られたことに、カサンドラは深く傷付いている。

悲しくて、腹立たしくて、どうしてこんなことをって怒鳴《どな》り散らしそうになる。

だけど、カサンドラはこうも思うのだ。もしも自分がもう少しリズの様子を気に掛けていたら、裏切られることはなかったんじゃないかな、と。

「リズ、貴女《あなた》を今日付で解雇《かいこ》します」

「……解雇、ですか？」

重い罰《ばつ》を下されると思っていたのだろう。実質的な無罪放免《むざいほうめん》にリズが困惑する。

「わたくしはさきほど、あの男に押し倒されました。もちろん未遂ではありますが、今回の件が明るみに出れば、わたくしのよくない噂を流す者も現れるでしょう」

悪いのは傍系の令息だ。それは間違いないが、年頃《としごろ》の娘が密室で殿方《とのがた》に押し倒されたなどという噂が一人歩きした場合、カサンドラの名誉《めいよ》が大きく損《そこ》なわれることになる。

「ですから、今回の件は内々《うちうち》に処理するよう、お兄様にお願いするつもりです」

カプリクス子爵家はエクリプス侯爵家の傍系。つまり、元々はエクリプス侯爵家が持つ爵位の一つを譲《ゆず》り受けた親戚なのだ。その傍系の令息が、未遂とはいえ本家の娘を襲おうとした。

本来であれば、爵位を取り上げられても文句は言えない。それを許す代わりに、カサンドラの名誉が傷付かないように令息を内密に処理しろと、傍系の当主に命じる。

これが、カサンドラの考えた筋書きである。

「よって、リズの一件も表沙汰《おもてざた》にする訳にはいきません。ですから、貴女は解雇です。その代わり、今日のことを口外することは決して許しません」

『あえて押し倒されるまで待ってたくせに』

『カサンドラお嬢様、まさかその口実を作るために押し倒された？』

『悪役令嬢なのに優《やさ》しい（笑）』

「……ぶっとばしますわよ」

小声でリスナーを罵って、跪《ひざまず》くリズのまえに立った。カサンドラの脳裏《のうり》には様々な言葉が思い浮《う》かぶ。だけど結局、カサンドラはそれらの言葉を呑み込んだ。

「……さようなら、リズ」

「カサンドラお嬢様、申し訳、申し訳ありませんでした……っ」

深々《ふかぶか》と頭を下げる、リズの嗚咽《おえつ》が休憩室に虚《むな》しく響《ひび》いた。そうして顔を上げようとしないリズを残し、カサンドラは他の侍女を連れて退出する。

廊下《ろうか》を歩くカサンドラは一度振り返り、それからエリスへと視線を向けた。

「リズの弟の病気について調べ、匿名《とくめい》で支援《しえん》なさい」

『悪役令嬢（笑）』

『むしろ聖女やん』

『いやいや、甘過《あます》ぎでしょ。罪を犯したんだからちゃんと断罪しないと』

『リズ自体には罰を与《あた》え、その家族には慈悲《じひ》を与えた感じじゃない？』

『それにしたって解雇だけって甘過ぎでしょ』

様々なコメントが流れる。

優しいという意見もあるが、甘いという意見が目立つ。そしてそんな感想を抱いたのは侍女達も同じようで、エリスが「そこまでする必要がありますか？」と不満気に問い返してきた。

「……甘いのは分かっているわ」

リズがまた裏切るかもしれない。彼女が今回のことの顛末《てんまつ》を暴露《ばくろ》すれば、カサンドラの名誉は傷付けられることになる。それは、なんとしても防がなければいけない事態だ。

保身に走るなら、彼女を見逃《みのが》すべきではなかった。

「だったら――」

「それでも、リズはわたくしに優しくしてくれたから」

リズにとって、カサンドラはただの雇《やと》い主《ぬし》の娘だったのかもしれない。だが、カサンドラにとっては姉も同然の存在だった。酷《ひど》い目に遭わされたからといって、子供の頃に優しくされた事実が消える訳じゃない。だから、カサンドラは「これでいいの」と繰《く》り返《かえ》す。

（さようなら、リズ。私はきっと、貴女のことを……）

本当のお姉ちゃんのように慕っていた――と、その言葉は心の中ですら呟《つぶや》かず、カサンドラは未練を振り切るように足を速めた。


その後、カサンドラはパーティーの主役としての役目を最後までやりとげた。

だがそれは、自分の内心を押し殺していただけだ。その日の夜、侍女達を下がらせたカサンドラは、ベッドの上で枕《まくら》を抱《だ》きしめて嗚咽を零した。

そのアメシストの瞳《ひとみ》から大粒《おおつぶ》の涙《なみだ》が零れ落ちる。

『カサンドラお嬢様……』

『やっぱ、ショックだったんだな』

『両親を早くに失って、今度は姉と慕ってた相手に裏切られるのかよ。その上、婚約者にまで浮気《うわき》されるんだろ？　そりゃ、嫉妬に狂《くる》っても仕方ないよな……』

コメントを目にしたカサンドラはよけいに落ち込んだ。自分の不幸は今回に留《とど》まらず、愛する婚約者に浮気され、嫉妬に狂って破滅する運命だと確信してしまったから。

「……わたくしに、未来はないのですね」

幸せになれないのなら、生きている意味はあるのだろうかとすら考える。だが、そうして落ち込むカサンドラの瞳に映ったのは、自らを応援するコメントの数々だった。

『カサンドラお嬢様、俺達が付いてるから元気出して！』

『原作のカサンドラお嬢様は破滅するけど、未来は変えられるはずよ！』

『破滅の未来なんて蹴《け》っ飛《と》ばしちゃえ！』

そういったコメントがたくさん表示される。

カサンドラは指で涙を拭《ぬぐ》い、カメラをまっすぐに見上げた。

「わたくしの未来は……変えられるのですか？」

『変えられるよ！　というか、既に変わってるだろ！』

『そうだよ。似たようなことは起こったけど、まったく同じ未来じゃないぞ！』

『浮気なんてしない、素敵《すてき》な人を見つければいいじゃん！』

運命は変えられる。それを知り、絶望という闇《やみ》に囚《とら》われていたカサンドラに一条《ひとすじ》の光が差し込んだ。カサンドラはその希望に向かって手を伸《の》ばす。

「教えてください、リスナーの皆さん。どうすれば、わたくしは破滅を回避《かいひ》できますか？」

カサンドラは強い意志を秘めた瞳でカメラをまっすぐに見つめる。

――次の瞬間、コメント欄《らん》の横にあるスペースに以下のメッセージが表示された。

・チャンネル登録者数が1，000を超《こ》えました。
・総再生時間が4，000時間を超えました。
・配信スキルのレベルが2になりました。
・収益化が認定されました。
・スパチャが受けられるようになりました。
・ショップが解放されました。

3

「……え？　これは、どういう意味ですの？」

『なになに、どうした？』

『どういう意味ってなにが？』

驚きに涙が引っ込んだ。リスナー達に促《うなが》されたカサンドラは混乱しながらも、コメントの横に表示されているシステムメッセージを読み上げる。

『収益化きちゃーっ』

『おめでとうっ！』

『って、なんか変なの交じってない？』

『配信スキルのレベルって、なんか違う配信サイトが交じってないか？（笑）』

『ってか、ショップってなんだ、そういう設定？』

「皆さんが知らないのに、わたくしが知るはずありませんわよ」

言い切っちゃうカサンドラは、徐々《じょじょ》にリスナーに染まりつつある。ひとまず、意識することで虚《こ》空《くう》に浮かぶカメラの向きを変え、肩越《かたご》しにウィンドウが映るようにする。

「これで見えますか？」

『あ、いまの俺、カサンドラちゃんの肩越しにウィンドウを見てる』

『わかりみが深い』

『カサンドラお嬢様の恋人《こいびと》気分を味わえる切《き》り抜《ぬ》きが捗《はかど》る』

『ガチ恋勢は出荷《しゅっか》よー』

『ソンナー』

よく分からないやりとりが流れるが、カサンドラは華麗《かれい》にスルー。「誰か、ショップについてわかりませんの？」とリスナーに問い掛ける。

『ショップなぁ……なんだろ？　なんだと思う？』

『スパチャで買い物できるって設定なんじゃないか？』

『あーっ、たしかに。異世界の設定だと、普通に買い物できないもんな』

「スパチャで買い物、ですか？」

ブランド名かなにかかしら？　と、カサンドラは首を傾げた。

『スパチャっていうのは投げ銭だな』

『こんな感じで俺達がカサンドラちゃんにお金を送れる機能だ』

最後のコメントには、３，０００という数字が付いていた。そしてそれに触発《しょくはつ》されたように、いくつか数字が付いたコメントが表示される。

「え？　つまりいま、わたくしは皆さんからお金を施《ほどこ》されている、ということですの？」

『言い方、言い方ぁ』

『施しワロタｗ』

『そういや、侯爵令嬢って設定だったか』

そういったコメントが流れるが、カサンドラは本気で困惑していた。侯爵家の娘である自分が他人から施しを受けるなど、本来であればあり得ないことだからだ。

だが、次のコメントでカサンドラは考えをあらためる。

『マジレスすると施しじゃない。俺達はカサンドラお嬢様が配信してくれてることへのお礼、つまりは対価としてお金を支払《しはら》ってるだけだから』

「……なるほど、そういうことでしたか」

一方的に施されることには抵抗《ていこう》のあるカサンドラだが、仕事に対する対価だと言うのなら、お金を受け取るのも問題ないと納得する。

「では、スパチャはありがたくちょうだいいたしますわ。それで、ショップの使い方は……どうするのでしょう？　……端《はし》にあるお店のマーク？　あぁ、これですか？」

言われるがままにウィンドウの端をタップすると表示が変わった。コメントが表示されるウィンドウの横にある領域に、ものすごく精巧《せいこう》なイラストがたくさん表示される。

それはすべて、カサンドラが初めて目にするデザインの服だった。

『いま流行《はや》ってる服やんw』

『異世界感が皆無《かいむ》で草』

『これは普通の通販《つうはん》ですわ（笑）』

『解放されたばっかりだから、これから商品が増えるんじゃない？』

『かもだけど、どのみち魔術《まじゅつ》関係とか、異世界感のある商品は無理だろ。どう見てもヴァーチャルじゃないし、そんなもんがあったらガチで異世界確定じゃん』

気になるコメントを見つけ、カサンドラは首を傾げた。

「魔術なら使えますわよ？」

『そういう設定だろw』

『カサンドラお嬢様は闇系統の魔術が使えるんだっけ？』

『悪役令嬢って基本ハイスペックなんだよな』

「闇属性が得意なのは事実ですが、四大元素の魔法も簡単なものなら使えますわよ？」

そう言って手の平の上に火球を生み出した。

直後、一瞬《いっしゅん》だけコメントが停止した。

そして次の瞬間――

『ファイアーボールきちゃあああああああっ⁉』

『え、え？　エフェクトだろ？』

『いや、ガチじゃね⁉』

『いやいやまさか、そんな、マジで異世界なんて、あるはず……』

『ないない、ないって！』

そんなコメントが大量に流れた。

そうして一区切りついた後、新たなコメントが投下される。

『なぁ、ふと思ったんだけど、このチャンネルが収益化の条件を達成したのって、ついさっきだよな？　なのに、もう収益化が通ってるって、普通じゃあり得なくね？』

『言われてみれば、たしか審査《しんさ》に一週間以上掛かるはずよね』

『それに、スパチャだっておかしいって』

『え、なんかおかしいか？』

『さっき投げたのに、ウィンドウにもう入金額が表示されてる。しかも、合計金額を計算したけど、明らかに手数料が引かれてる』

『え、待って、それほんと？』

『じゃあ……もしかして、カサンドラお嬢様って、本当に異世界の人？』

「わたくし、この洋服が気になるのですが……」

リスナーがなにを言っているか分からない。それより、ショップに対するコメントがないかと目を通していると、次のコメントが目に入った。

『たしかこの乙女ゲームは、月が二つある設定だったはず』

「……月が二つあるのは当然でしょう？　なにを言っているんですか？」

カサンドラは意思の力でカメラを動かし、窓の外に浮かぶ二つの月に向ける。

『い、異世界きちゃああああああああああああっ⁉』

『ガチだった』

『いやいや、おまえらダマされるなよ。あれはきっとプラネタリウムだ（震《ふる》え声《ごえ》）』

『【速報】異世界からの配信はガチだった！【異世界配信】』

『おまえＶｉｒｔｕａｌＴｕｂｅｒじゃなくてＩｓｅｋａｉＴｕｂｅｒだったのかよ！』

「あの、誰か、このショップの使い方を……」

呟くけれど、誰もカサンドラの質問に答えてくれない。カサンドラは溜め息を吐いて、そのまま一人でショップにある洋服を眺め始める。

「……あ、このお嬢様風、春コーデとかいうの可愛《かわい》いですわね」

最初は戸惑《とまど》っていたカサンドラだが、コツさえ掴んでしまえば操作は難しくない。残高が足りているのを確認して、気になったコーディネートのセットを購入《こうにゅう》した。

とたん、目の前に現れる段ボール。

『ふぁ⁉ 虚空から段ボールが現れた⁉』

『転送？ 転移？ ってか、マジのマジでガチだ！』

異世界がどうのと盛り上がっていたコメントが、今度は段ボールの出現に盛り上がる。

「……というか皆さん、カメラとかメッセージを表示するウィンドウとか、不思議なことがたくさんあったのに、どうしてこの程度で驚いているんですの？」

カサンドラにとって月が二つあるのは常識だし、転移を含《ふく》む魔術も少し珍《めずら》しい程度だ。異常に盛り上がっているリスナーをまえに、カサンドラはコテリと首をかしげた。


結局、その日のリスナーが落ち着くことはなかった。

カサンドラはコミュニケーションを諦め、カメラの扱《あつか》いについて色々と試《ため》す。そうして分かったのは、意識をすることでカメラを十メートル程度は遠ざけられるという事実。

カサンドラはこれ幸いとカメラを遠ざけてお風呂《ふろ》に入った。

その後、カサンドラは寝《ね》る用意をしてベッドに潜《もぐ》り込《こ》んだ。だが、眠《ねむ》った際に意識を手放したためか、朝起きるとカメラの位置はいつもの場所に戻っていた。

『あ、起きた』

『起きちゃあああああああっ！』

『カサンドラお嬢様、異世界の住人って本当⁉』

カサンドラが起き上がった瞬間、物凄《ものすご》い勢いでコメントが流れ始める。一晩過ぎて落ち着くかと思ったが、むしろ寝るまえよりも勢いがすごい。

カサンドラには分からないことだが、昨日の情報がSNSで拡散され、このチャンネルの視聴者《しちょうしゃ》数《すう》が爆発的《ばくはつてき》に増えた結果である。

「……昨日に引き続き、会話になりそうにありませんわね」

どうしたものか――と、カサンドラが考えた直後、ウィンドウに『**コメントのピックアップ機能を使用しますか？**』というメッセージが表示された。

その『**はい**』の部分をタップすると、どういう原理かコメントの速度が一気に遅《おそ》くなる。

「これならお話が出来そうですわね。という訳で、あらためまして、おはようございます。リスナーの皆さん、出来ればわたくしが破滅を回避するための知恵《ちえ》をお貸しくださいませんか」

『そうだ、破滅！』

『これが乙女ゲームを舞台《ぶたい》にした異世界なら、カサンドラお嬢様が破滅するのは現実ってことか。……え？　バッドエンド確定？』

『ヤバイじゃんｗ』

「そう言ったのは皆さんですわよ？　でも、回避する方法があるんですわよね？　だから皆さん、その方法をわたくしに教えてくださいませ。じゃないと、拗《す》ねますわよ？」

『拗ねますわよｗ』

『可愛い（笑）』

「そこ、うるさいですわよっ！」

ちょっぴり照れたカサンドラが流れをぶった切る。

『ってか、てっきり宣材かなにかだと思ってたからなぁ。破滅って回避できるのか？』

『出来るんじゃないか？　乙女ゲームの悪役令嬢じゃなくて、乙女ゲームの悪役令嬢を題材にした、悪役令嬢モノの主人公ポジだった、ってことだろ？　この差はでかいって』

『たしかに、前者なら破滅するけど、後者は破滅を回避するのが本筋だな』

『結末は違えど、どっちも死ぬほど苦労することには変わりがないんだよなぁ』

昨日と少し異なる意見にカサンドラは困惑した。

カサンドラは最初、リスナーが神様かなにかだと思っていた。だがこれまでのやりとりで、リスナーが必ずしも正しい訳ではないと理解する。

（であるなら、鵜《う》呑《の》みにするのは危険。情報を集めて自分で判断する必要がありますわね）

「皆さん、わたくしが破滅する原因について、詳《くわ》しく教えてください」

『破滅する原因は――』

カサンドラの問いに、リスナーがぽつりぽつりと答え始める。それによると、彼女が破滅する最大の原因は、嫉妬に狂って悪事を働くことだそうだ。

『つまり、悪事を働きさえしなければ、破滅はしないと思われる』

リスナーが出した結論に、けれどカサンドラは眉《まゆ》を寄せる。

「それは……難しいかもしれません」

『……なんで？』

『ただ、悪事を働かなきゃいいだけだろ（笑）』

『悪事を働かないと死んじゃう人かなにかなの？』

リスナーの突っ込《こ》みが入るが、カサンドラはいたって真面目《まじめ》だ。

「わたくしが悪事を働くのは、嫉妬に狂って、なんですわよね？　愛する婚約者が別の人と仲良くしてたら、嫉妬しない自信はありませんわ……」

ちょっぴり頬《ほお》を染め、恥ずかしそうに呟いた。

一瞬コメントの流れが止まり――

『デレ、入りました！』

『可愛いかよ』

『可愛い』

『かわいい』

『カワイイ』

物凄い勢いでコメントが流れ始める。

「う、うるさいですわよっ！」

ますます赤くなった顔で怒鳴るけれど、まったくコメントが衰《おとろ》える気配はない。それどころか、照れるカサンドラを見て更《さら》にコメントの流れが速くなる。

「も、もう！　いいですから！　もっと別の回避方法を教えてくださいませ！」

『婚約者に裏切られるのがダメなら、そもそも王太子の婚約者にならないように立ち回ればいいんじゃないかしら？　恋心的に手遅《ておく》れじゃないなら、だけど』

カサンドラはポンと手を合わせた。

「たしかに、婚約しなければ問題ありませんわね。恋心的にも問題ありませんわ」

『王太子が好きなんじゃなかったのかよ（笑）』

「婚約は愛する人と決めていますが、将来浮気されると知っては百年の恋も冷めますわ。それにわたくし、婚約する相手は、自分を一途《いちず》に想ってくださる殿方と決めていますから」

『現実主義なのか乙女なのかハッキリしろｗ』

「そこ、さっきからうるさいですわよっ！」

カメラを可愛らしく睨《にら》みつけた。

4

カサンドラはカメラを明後日《あさって》の方向に向け、自ら用意した洋服で身を包む。侍女のエリスがなにか言いたげな顔をしていたけれど、気にせず朝の準備を終えた。

そうして屋敷《やしき》の図書室へと足を運んだカサンドラは資料を探しながら、リスナーから自分が破滅する原因についての詳細を聞いていた。

カサンドラが破滅する直接の原因は、嫉妬に狂って悪事を働くこと。ゆえに、王太子と婚約しなければ破滅する最大の原因は排除《はいじょ》される。

そして、王太子と婚約するのは、カサンドラが当主である兄に願ったから、らしい。つまり、カサンドラが行動を起こさなければ、婚約の問題は解決したも同然ということだ。

ただ、カサンドラが破滅する原因はそれだけではないらしい。

「エクリプス侯爵家が没落《ぼつらく》する、ですか？　あり得ませんわ」

本棚《ほんだな》から目当ての本を見つけたカサンドラは、その内容を確認しながら否定した。続けて、その本を持って椅子《いす》に座り、机に本を広げて勉強を始める。

『そのあり得ないことが起きるんだよなぁ』

『作中では、聖女に危害を加えようとしたことで天罰《てんばつ》が下されたって描写《びょうしゃ》だったな。ただ主な原因は、疫病《えきびょう》や飢饉《ききん》の二重苦で領地が疲弊《ひへい》したことだっけ？』

『そうそう。飢饉や疫病が天罰だって話になって、カサンドラお嬢様が糾弾《きゅうだん》されるんだ』

『設定ではたしか、その噂を流したのは傍系の連中、って話だったはず』

『一番の原因はカサンドラお嬢様の不祥事《ふしょうじ》だけどな』

色々な意見がコメントとして表示される。

それらを纏《まと》めると、エクリプス侯爵家が没落する原因は三つだ。

一つ目は、カサンドラの不祥事。

二つ目は、疫病や飢饉が発生。

三つ目は、当主の座を狙《ねら》った傍系の暗躍《あんやく》。

「傍系の人達が暗躍、ですか？」

『カプリクス子爵家の令息がカサンドラお嬢様を襲おうとしただろう？　あれはカサンドラお嬢様を手込めにした上で、現当主を排除して当主の座を乗っ取るという計画だったはずだ』

「そういえば、そんな話をしていましたわね」

リズに裏切られることが衝撃《しょうげき》で、そちらに考えが至っていなかったが、冷静になって考えてみればあり得ることだ。

両親である前侯爵夫妻は事故で亡《な》くなったため、兄のレスターが若くして侯爵の地位を継《つ》いだ。それから5年経《た》ったとはいえ、レスターはまだ二十二歳という若さだ。

莫大《ばくだい》な財と、強大な権力を併《あわ》せ持《も》つ侯爵家の当主という地位。それを未熟なレスターが一身に背負っている。傍系の者達が、それを奪《うば》おうとしても不思議ではない。

「お兄様は、そんな重責をずっと一人で抱《かか》えていたのですね」

『たしか、レスター侯爵は、カサンドラお嬢様の負担にならないようにその事実を隠しているはずだ。そんな話がサイドストーリーにあったから』

「お兄様が、そのようなことを……？」

兄に見放されていると思っていたカサンドラにとって、その言葉はとても意外だった。

『実は、かなり妹想いのお兄ちゃんよ』

『女性ファンも多かったよな』

『そうそう。必死でカサンドラお嬢様を護《まも》ろうとするんだよな。でも、カサンドラお嬢様はそんな兄の思いにもまったく気付かず、最後まで暴走して破滅してしまうんだ』

結果としてエクリプス侯爵家の名誉は失墜《しっつい》し、カサンドラも領民の暴動で殺されてしまう。それがリスナーの告げたカサンドラの最期《さいご》だった。

「そのような結末が待っているというのですか……」

目を背《そむ》けたくなるような末路。

それが自分の未来だということに、カサンドラは泣きそうになった。

『カサンドラお嬢様、まだ落ち込むときじゃないぞ！』

『そうよ。そんな未来を変えるんでしょ？　私も協力するから、がんばってバッドエンドを回避――いいえ、どうせならハッピーエンドを目指しましょう！』

スパチャのメッセージで応援される。

「……そう、ですわね」

リズが裏切り、カサンドラが心に傷を負うという運命は変えられなかった。それでも、なにも変わらなかった訳ではない。少なくとも、いまのカサンドラにはリスナーがいる。

破滅の未来だって、がんばれば変えられるはずだ。

とはいえ――

「わたくしの悪事や、傍系の企《たくら》みはともかく、飢饉や疫病は自然災害ではありませんか。それを防ぐなんて、一体どうすれば……」

『飢饉はともかく、疫病は自然災害じゃないぞ』

『だな。それに、飢饉の原因はともかく、飢饉自体は自然災害とは言い切れない』

「……そう、なのですか？」

この世界の文明は現代の日本と比べてずいぶんと後《おく》れている。ゆえにカサンドラは対処不能な自然災害と捉《とら》えていたが、リスナーは対処が可能な現象だと主張した。

『それに自然災害だったとしても、発生することが分かってるんだ。費用対効果を無視してでも、被《ひ》害《がい》を減らす対策を採るべきだろう？』

「費用対効果、ですか？」

『一言で言えば、対策費と、それに対して得られる効果の兼ね合いのことだ』

「……あぁなるほど。そういうことですか」

カサンドラはすぐに理解を示した。

そうしてリスナーに聞いたことをノートに書き留めていく。

『さすがハイスペックな悪役令嬢、理解が早い』

『え、どういうこと？』

カサンドラがすぐに理解したことで、理解できなかった者達のコメントが流れる。

『起きるかどうか分からないゾンビパニックの備えに全財産をぶち込むのはバカのすることだけど、一ヶ月後に絶対発生すると分かってるなら借金してでも備えるだろ？』

『たとえかたw　でも分かりやすい』

エクリプス侯爵家が没落する運命なら、抗《あらが》うために全力を尽《つ》くすのは正しい判断だ。たとえその結果、エクリプス侯爵家の財産を大きく減らすことになっても、没落よりはマシである。

問題は、その未来を知る人間が、カサンドラとリスナーだけという点。

「ありのままを話しても、お兄様は信じてくださらないでしょうね」

『だろうな。数年後に疫病と飢饉の二重苦で領地が半壊《はんかい》するから、その対策に全財産をつぎ込むべきだとか言っても、あたおか扱いがせいぜいだろうな』

「あたおか？　あぁ……頭がおかしい、という意味ですか。言い得て妙《みょう》ですわね」

（私自身、自分が将来破滅すると言われても、信じませんでしたものね）

それでも信じたのは、聖女の登場や、リズの裏切りを予言されたからだ。であるならば、兄も同じ方法で信じさせることが出来るかもしれないと考える。

「他に、近い未来を予知することは不可能ですの？」

『ん～後は本編が始まるまでは特にないかな？　それに、基本はヒロイン視点だからな。未来予知が出来たとしても、ヒロインの周りで発生することがほとんどだな』

つまり、未来予知で兄の信頼を得ることは難しいということだ。

そう結論づけたカサンドラは次善策を考える。そうして目に入ったのは、カサンドラが勉強に使っていた、内政に対する参考書。

「未来予知を証明できないなら、正攻法《せいこうほう》でお兄様を説得するしかありませんわね。リスナーの皆さん、わたくしが破滅するのは——災害が発生するのはいつですか？」

もしも一年後と言われればどうしようもない。けれどそうじゃないのなら——と、カサンドラはコメント欄を凝視《ぎょうし》した。果たして、カサンドラの望んでいた答えが表示される。

『乙女ゲームのエンディングが十八歳の頃だから、三年後くらいかな？』

（三年……ぎりぎりですが、可能性はありますわね）

三年後には、飢饉や疫病の対策を終えていなければならないから。そう考えれば、猶予《ゆうよ》は一年、あるいは半年くらいだろう。それも、傍系の企みを撥《は》ね除《の》けた上で、だ。

だがそれでも、足掻《あが》くだけの時間はある。

「厳しいですが、やらないという選択《せんたく》はありませんわね」

『やる気だけじゃダメなんだぞ？』

「そうかもしれませんわね。でも、やらずに後悔《こうかい》するより、やって後悔する方がマシですわ」

『格好《かっこう》いい』

『惚《ほ》れた』

『でも、やらずに後悔するより、やって後悔するを実践《じっせん》した結果、婚約者を取り戻そうとヒロインに嫌《いや》がらせをして破滅するんだよな？』

「そこ、うるさいですわよーっ！」

5

カサンドラが破滅を回避するために必要なことは三つ。一つ目は婚約の回避。二つ目は傍系の企みの阻止《そし》。そして三つ目は疫病や飢饉を防ぐための対策。

それらを実行に移すためには、レスターの信頼を得ることが必須《ひっす》だ。

という訳で、カサンドラは計画を立て、兄を説得するために執務室《しつむしつ》へ乗り込んだ。そこでは、レスター侯爵が忙しなくペンを走らせていた。

レスター・エクリプス。

二十二歳になる独身の侯爵で、カサンドラとは歳《とし》の離《はな》れた兄妹関係にある。

艶《あで》やかなシルバーアッシュの髪《かみ》に縁取られた甘いマスク。蒼《あお》い瞳は知性の光を灯《とも》しており、線の細い美青年という印象を他者に与える。

そんなレスターは五年前に両親を失った後、エクリプス侯爵家を護るために若くして当主となった。それゆえ、彼はいつも忙しなく走り回っている。

そういった背景もあり、カサンドラとの交流は少ない。カサンドラ自身、兄からは好かれていないと思い込んでいたが、それは事実ではない。

彼は妹を護るために必死だっただけだ――というのがリスナーの言葉。それを鵜呑みにした訳ではないが、そうだったらいいなとカサンドラは思っていた。

そうして作業を眺めていると、レスターは一区切りついたところでペンを置いて顔を上げた。彼はカサンドラを見て目を見張り、執務机からこちらへと回り込んできた。

その何処か慌《あわ》てた様子に驚いていると、カサンドラは彼に抱きしめられた。

「……おにい、さま？」

これはどういうことなのかと目を白黒させる。カサンドラが腕の中で見上げると、いままでみたことのない、妹を心配する兄の姿があった。

「カサンドラ、もう、大丈夫《だいじょうぶ》なのか？」

「え？　ええ……ご覧の通り、ですが……」

「そうか。怖《こわ》い目に遭わせて悪かった」

（どうして、お兄様が謝《あやま》るの？）

そう考えたときに思い出したのは、リスナーが教えてくれたこと。

「お兄様は……わたくしを心配してくださったのですか？」

「当然だろう！　たった一人の家族なんだぞ！」

思ってもみなかった言葉。

そして、ずっと言って欲《ほ》しかった言葉。

『レスター様は、貴女を大切にしていると傍系の連中に知られたくなかったの。それを知られてしまえば、傍系の者達が貴女を利用しようとするのは確実だから』

『毎年妹の誕生日パーティーを開催《かいさい》しながら、本人は顔を出さなかった理由だな』

『そこまでしても結局、事件は起きてしまったんだけどな』

そのコメントからすべてを察する。

兄は自分をずっと護ってくれていたのだ――と。

カサンドラはずっと、兄に嫌われていると思っていた。少なくとも、好かれてはいないと思っていた。唯一残された家族に愛されていないと思っていた。

だけど、そうじゃなかった。カサンドラの冷え切った心に、じわりと熱が広がる。

「……お兄様、大好きです」

ぎゅっと兄の身体《からだ》にしがみついた。

だけど――

『切り抜き確定』

『大好きです、いただきました！』

『デレたカサンドラお嬢様、可愛い』

『可愛い、やったー』

それらのコメントを目に、自分が見られていることを思い出す。そうして恥ずかしくなったカサンドラは、慌ててレスターから身を離した。

「んんっ。その……お兄様、心配掛けてごめんなさい」

「いや、おまえが謝罪をする必要はない。傍系がなにか企んでいることに気付いていたのに、おまえを危険に晒《さら》してしまったのは私の責任だ。本当にすまなかった」

レスターが頭を下げる。

「お兄様の責任じゃありません。わたくしが相談していれば……いえ、済んだことを互《たが》いに悔《く》やむのは止めましょう。重要なのは今後の方針です」

「たしかにおまえの言うとおりだな。それで、どうして欲しい？」

「事前にお伝えしたとおり、内密に処理していただければ、と」

今回の一件をおおやけにすれば、カプリクス子爵家を破滅に追いやることも可能だ。しかし、それをすればカサンドラも大きな傷を抱えることになるし、リズも破滅は免《まぬが》れない。

ゆえに、令息を除籍《じょせき》させることを条件に、おおやけにはしないことで恩を売る。リズを罪に問わず、カプリクス子爵家の力を削《そ》ぐ唯一の方法だ。

しかし、彼らがエクリプス侯爵の地位を狙っている以上、レスターはカプリクス子爵家を破滅に追いやろうとするかもしれない。

カサンドラはそう思ったのだが、彼は「カサンドラの望むままにしよう」と頷いた。

「……よろしいのですか？」

なにがとは口にせずに問い掛けるが――

「おまえはリズを慕っていたからな」

レスターはすべてを理解していた。それを知って思わず泣きそうになる。

けれど、ここで弱さを見せる訳にはいかないと拳を握り締めて耐《た》える。そんなカサンドラの視界の端に『**俺達がついてるぞ！**』といったコメントが並んでいた。

それを目にしたカサンドラは顔を上げ、レスターを真正面から見つめる。

「ありがとうございます。では、そのように処理してください」

「ああ、任せておけ」

こうして、先日の一件は片がついた。

だが、カサンドラがここに来たのは、その件が目的ではない。

「お兄様、実はお話があります」

「……話？　リズの件とは別か？」

「はい。わたくしも昨日で十五歳になりました。もう子供ではありません。だから、今日このときより、お兄様にただ護られるだけの妹は卒業しようと思います」

カサンドラの宣言に、レスターがぴくりと眉を動かした。

「それは、どういう意味だ？」

「昨日の一件、エクリプス侯爵の地位を狙った者達の所業なのでしょう？　そしてそれを隠していたのは、わたくしを護るためなのですよね？」

「それ、は……」

「お兄様。わたくしはもう、護られるだけの子供ではありませんわ」

カサンドラは強い意志を込めた瞳でレスターを見つめる。

『大人の階段を上る、カサンドラちゃんのセンシティブな配信があると聞いて』

『ガタッ』

『変態さんは出荷よ――っ』

『ソンナー』

コントのようなコメントが流れる中、カサンドラとレスターは無言で見つめ合っていた。だが、やがてレスターが根負けしたかのように溜め息を吐く。

「……それで、おまえはどうしたいんだ？」

「わたくしも立ち向かいます」

レスターが僅《わず》かに眉をひそめる。

そのタイミングを見計らったかのように、カサンドラは言葉を続けた。

「と言っても、すぐに信頼していただけるとは思っておりませんわ」

「そんなことは……」

「フォローは必要ありませんわ。傍系の企みを阻止するには、隙《すき》を見せる訳にはいかない。わたくしが下手を打てば、お兄様が劣勢《れっせい》に立たされる。警戒《けいかい》するのは当然です」

「まいったな。そこまで分かっていて、なにをするつもりなんだい？」

レスターは苦笑いを浮かべ、それから探《さぐ》るような視線をカサンドラへと向けた。

（ここが正念場ですわね）

破滅回避に動ける期間は決して長くない。小さなことからコツコツと兄の信頼を得て――という訳にはいかない。出来るだけ早く、そして効果的に信頼を得る一手が必要だ。

そして、その方法はリスナーとの会話であたりを付けていた。

「エクリプス侯爵領の領都に治安の悪い地域がありますよね？　あの地域の管理をわたくしに委任していただきたいのです」

「スラム街のことか？」

「はい。いまのうちに手を打てれば、と」

いまはまだスラム化が始まった初期段階だ。だが、これから三年を掛けてスラム化は進行する。そして疫病の発生源となってしまうのだ。

「私もあの地域のことは気になっていた」

「では、わたくしに管理を任せてください。必ず状況を改善して見せますわ」

レスターが厳しい表情を浮かべる。

「カサンドラ、出来ればおまえの願いは叶《かな》えてやりたいと思う。だが、領民はおまえのおもちゃではない。おまえが失敗すれば、誰かが不幸になるやもしれぬのだぞ？」

「もちろん理解しています。決して軽い気持ちではありませんわ」

いまのカサンドラはそのことをよく理解している。

なぜなら、自分の過《あやま》ちが領民を苦しめ、エクリプス侯爵家を没落させ、自分自身をも破滅させる原因になると知っているからだ。

そうして、レスターをまっすぐに見つめる。そんなカサンドラを観察していたレスターが探るような面持《おもも》ちで口を開いた。

「……その地域を任せるとして、おまえはどうするつもりなのだ？」

「詳細は地域の詳細を調べてから考えるべきだと思っていますが、最初の目標としては、雇用《こよう》を生み出し、地域の生産量を増やすことを考えています」

「ふむ、正論だな。だが重要なのは、その手段だ」

その問いに、カサンドラは待っていましたとばかりに笑《え》みを浮かべる。

カサンドラはハイスペックな悪役令嬢だ。けれど、彼女が持つ知識は、この世界の文明レベルにあわせたものでしかなく、スラム化が進む区画を救う知識なんて持ち合わせていない。

——だが、それは過去の話だ。

いまのカサンドラには、現代日本の知識を持つリスナーがついている。必ずしも真実をいう者達ばかりではないが、その知識量は文明を数百年ほど進めるポテンシャルを秘めている。

「お兄様を納得させるだけの計画書を提出できれば、わたくしがあの地域を管理することをお許しいただけますか？」

「おまえに出来るのか？」

「それを証明してご覧に入れましょう」

カサンドラは不敵に微笑《ほほえ》んだ。

『カサンドラお嬢様の挑戦的《ちょうせんてき》な顔、可愛い』

『可愛い、やったーっ』

コメントを横目に反応をうかがえば、レスターは小さく頷いた。

「……いいだろう。私を納得させるような計画書を提出したあかつきには、スラム街の改革をおまえに委任すると約束しよう」

「ありがとうございます、お兄様。必ず、ご期待に応えて見せますわ」

勝ち気な笑みを浮かべるカサンドラに、コメントも盛り上がっている。だが、カサンドラの笑顔を好ましく思ったのはリスナーだけではない。

レスターもまた、柔《やわ》らかな笑みを浮かべる。

「カサンドラもいつの間にか大人になっていたんだな」

「いつまでもお兄様に護ってもらってばかりではいられませんから」

「……そうか。少し寂しい気もするが、おまえの成長は喜ばしいことだ。……ところで、大人と言えば、今日のおまえはずいぶんと変わったデザインのドレス？　を着ているのだな」

カサンドラが身に着けるのは、金の鎖《くさり》で吊《つ》ったオフショルダーのブラウス。そしてティアードのロングスカートという服装。いつもの装いとは印象がまったく違っている。カサンドラはクルリと回ってそんな自分の装いを確認、レスターに上目遣《うわめづか》いを向ける。

「似合っていませんか？」

「いや、綺麗《きれい》だ。とても似合っているよ。だが、見慣れぬデザインだと思ってな」

レスターは侯爵として、王都や近隣《きんりん》の流行も調べている。だが、カサンドラが身に着けているような服のデザインは目にしたことがない。

そう困惑するレスターに向かって、カサンドラはいたずらっ子のように微笑んだ。

「これはスパチャヤで買ったお洋服ですわ」

「……スパチャヤ？　そのようなブランドは聞いたことがないが……」

レスターは怪訝《けげん》な顔をするが、コメントは大盛り上がりである。

『**そりゃそうなるよな**』

『知ってたｗ』

『なんか違和感《いわかん》あると思ったら、服が現代のそれだったかｗ』

『ショップのあれか（笑）』

『スパチャで買ったはくさぁ』

（さぁ、領地を救う為《ため》の第一歩ですわ！　そしてゆくゆくは破滅を回避して、幸せな未来を勝ち取って見せますわよ！）

スラム化を止めて、レスターの信頼を得る。そのための計画書を書こうと、カサンドラは決意を新たにまえを向く。直後、ウィンドウに新たなメッセージが表示された。

・チャンネル登録者数が１００，０００を超えました。
・配信スキルのレベルが３になりました。
・ショップのラインナップが更新《こうしん》されました。

エピソード2　侯爵令嬢《こうしやくれいじよう》はリスナーに助言される

1

　カサンドラが破滅《はめつ》を回避《かいひ》し、幸せを目指すための第一歩。それはスラム街の改革だ。それを成《な》し遂《と》げるためには、レスターを納得《なつとく》させるだけの計画書を提出する必要がある。

　という訳で、カサンドラは改革の内容についてリスナーと話し合うことにした。自室にある窓際《まどぎわ》の机に向かい、カメラの向こうにいるリスナーに質問を投げかける。

　けれど——

「……具体的なアドバイスが出来ないとは、どういうことですの？」

　リスナーにハシゴを外されたカサンドラの瞳《ひとみ》に憂《うれ》いが滲《にじ》んだ。

『**なんか分からんが、専門的な知識をコメントすると弾《はじ》かれるみたいなんだ**』

『**こっちも、農業の知識でドヤ顔しようとしたけどダメね**』

『**私もダメ。経済学について書こうとしたら弾かれたわ**』

　その後も、リスナーがアドバイスをしようとコメントを試《ため》す。そうして分かったのは、文明レベルを大きく変えるような情報はフィルターに弾かれるらしい、ということだった。

カサンドラとて愚《おろ》かではないが、スラム化は何処《どこ》の領地も抱《かか》えている問題だ。

それを改善するのは、優《すぐ》れた領主であっても至難の業《わざ》である。にもかかわらず改革すると自信満々に言ったのは、リスナーの力を借りられると思っていたからだ。

その頼《たの》みの綱《つな》が断《た》たれたことで、カサンドラの愛らしい顔に影《かげ》が落ちる。

『落《お》ち込《こ》むのはまだ早いって。こうやって意思疎通《いしそつう》が出来るってことは、カサンドラお嬢様の計画に感想を言うくらいなら出来るはずだ』

『たしかに。間違《まちが》ってたら、間違ってるって指摘《してき》できるのは大きいわね』

コメントを眺《なが》めていたカサンドラは目を見張った。

「そうですわね。答えを得られずとも、意見を聞くことは出来る。つまり、わたくしが皆《みな》さんの力を借りて、自分で答えにたどり着くことなら出来る、ということですわね」

極論で言えば、ハイかイイエで答えてもらえばいい。

苦労はするけれど、結果的にはリスナーの案を採用するも同然だ。けれど、そういった案の候補を出すにはある程度の知識が必要になる。

そう思ったカサンドラは資料室へ移動した。

エクリプス侯爵家の資料室には膨大《ぼうだい》な資料が収められている。その部屋で内政に関する資料を探す。カサンドラの視界にコメントの一つが目に入った。

『さっき配信スキルのレベルが上がって、ショップのラインナップが更新《こうしん》されたとか言ってなかった？　こういう状況《じょうきょう》で更新って、ラインナップに期待できるんじゃないか？』

そういえばとカメラに映るようにして、タップ操作でショップを開いて見せた。

洋服のリストに変化はない――けれど、本の項目《こうもく》が増えている。武術や魔術《まじゅつ》、それに農業や畜産《ちくさん》業《ぎょう》関連の入門書が並んでいた。

その項目を見たカサンドラが瞬《またた》いていると、コメントが爆速《ばくそく》で流れ始める。

『タイムリーなラインナップきたーっ！』

『入門書とはいえ、ここで農業と畜産業と堆肥《たいひ》の本が追加は草なのよｗ』

『これで勝つる！』

『カサンドラお嬢様、それを買うんだ！』

「え、あ、はい……」

勢いに押《お》され、彼《かれ》らが薦《すす》めるタイトルの本を三冊購入《こうにゅう》する。

購入が完了《かんりょう》した瞬間《しゅんかん》、机の上に段ボール箱が現れた。カサンドラがそれを開封《かいふう》すると、中には農業と畜産業、それに堆肥の作り方の入門書が収められていた。

それを取りだしたカサンドラは内容に目を通し始める。

まずは農業の入門書。

最初に、その地の気候にあった作物を選ぶこと。そして連作障害について対策すること。続いて土壌《どじょう》の問題、水管理や施肥《せひ》によって作物の生長を促《うなが》すことなどが書かれていた。

入門書と言うだけあって、それらの対策は一例に留《とど》められており、詳《くわ》しいことは書かれていない。

それでも、カサンドラにとっては初めて触《ふ》れる知識ばかりで興味深かった。

なにより、ハイかイイエで質問するための下地が手に入った。これならなんとかなるかもしれないと農業の入門書を熟読し、続けて畜産業の入門書に手を伸《の》ばす。

「――カサンドラお嬢様！」

本に伸ばした手を摑《つか》まれる。

びっくりして顔を上げると、カサンドラの背後に軽くウェーブのかかった赤く長い髪《かみ》の持ち主が立っていた。腰《こし》に手を当てた彼女《かのじょ》は金色の瞳でカサンドラを睨《にら》みつけている。

彼女の名はエリス。

十八になったばかりの子爵家の娘《むすめ》で、カサンドラに仕える侍女《じじょ》の一人だ。リズが解雇《かいこ》されたことで昇格《しょうかく》し、いまは筆頭侍女としてカサンドラに仕えてくれている。

「エリス、どうかしたの？」

「どうかしたのではありませんわ。もう夕食の時間ですわ」

「……え、昼食じゃなくて？」

「夕食です。昼食は、本を読んでいるから食べないとおっしゃったじゃありませんか」

言われて窓の外に目を向ければ、窓の外の景色は綺麗《きれい》な夕焼けに染まっていた。どうやら、時間が経《た》つのも忘れて、農業の入門書を読みふけっていたらしい。

それに気付いた途端《とたん》、お腹《なか》が可愛《かわい》らしく鳴った。

「食欲を思い出したようですね。さぁ、食堂にまいりましょう」

「わ、分かったわ」

恥《は》ずかしさを誤魔化《ごまか》すように立ち上がる。

『慌《あわ》てるカサンドラお嬢様可愛いｗ』

『ようやく我に返ったわね』

『一心不乱に読んでたからな（笑』

『カメラに映ってたおかげで、どんな内容の本か把握《はあく》できたわ。これで農業に関するアドバイスも効率的に出来るわよ』

リスナーのコメントを横目に資料室を後にした。

カサンドラは兄と夕食を摂《と》り、自分の部屋に戻《もど》る。そこであらためて畜産業の入門書へと手を伸ばそうとしたところで、赤い色のスパチャが目に入った。

『頼む、魔術の入門書を買ってくれ！』

『はっ、その手があったか！』

『まさか、私達《わたしたち》も魔術が使える⁉』

どうやら、スパチャのお金で魔術の入門書を買って欲《ほ》しい、というお願いのようだ。値段を見れば、魔術書を買って十分にお釣《つ》りが来る金額のスパチャが投げられている。

「魔術の入門書ですか？　それくらいは別にかまいませんが、リスナーの皆さんなら、魔術くらい使えるのでは……？」

『使えてたまるかｗ』

『代わりに科学はあるけどね』

「そういえば、わたくしの魔術に驚《おどろ》いていましたわね」

カサンドラの魔術を見て、自分達が暮らす場所とは異なる世界だと判断していた。

つまり、リスナーの暮らす世界に魔術はないという訳だ。だが、魔術の入門書を見た者が、それがあれば魔術を使えるかもしれないと思った、ということ。

直後、同様に同じ考えに至ったリスナー達からスパチャが飛《と》び交《か》った。

そこまでされて断る理由はない。普段《ふだん》お世話になっているのだからと、カサンドラは魔術を含《ふく》む残りの入門書を購入した。続けて、カメラに見えるようにして魔術の入門書を開く。

「……なるほど、書かれているのは魔術の初歩ですわね。ですが、内容は非常に分かりやすいですわ。これを熟読すれば、魔術の基礎《きそ》を身に付けることが出来ると思いますわ」

『マジで⁉』

『なら、私達も魔術を使えるようになるの？』

盛り上がるコメントを横目に、カサンドラは頬《ほお》に指を添《そ》えて考える。

「……そうですわね。訓練さえ積めば、魔力を感知することは出来ると思います。ただ、当然ではありますが、周囲に魔力があればの話ですわ」

『もしかして、俺達《おれたち》の世界には魔力が、ない……？』

「それは分かりませんが……」

そちらの世界にも魔力があるのなら、誰《だれ》かが魔術を使えるようになっているのでは——という心の声は、口にすることはなかった。

「ところで、読むペースはこれくらいで問題ありませんか？」

『あ、録画しているし、アーカイブにも残るからもっと速くて大丈夫《だいじょうぶ》よ』

『わいも録画済みだお。後で切《き》り抜《ぬ》きをあげる予定』

「……よく分かりませんが、もっと速いペースでかまわない、ということですわね」

それならば――と、カサンドラはペラペラとページをめくる。そうして最後までめくり終えたカサンドラは、そこで一息吐《つ》いた。

「これで、大丈夫ですか？」

『ありがとう、カサンドラお嬢様！』

『さっそく練習してくるわ』

『俺も！』

『私も！』

そういったコメントが続き、その後はコメントが急に静かになった。どうやら、ほとんどの人が、魔術の練習に行ってしまったらしい。

それを確認《かくにん》したカサンドラもまた、畜産業の入門書を手に取った。

2

そこから数日間、カサンドラは本の虫になった。

ショップに売られていた農業、畜産業、魔術、武術、算数、政治、礼儀作法《れいぎさほう》などの入門書を購入し、一心不乱に読《よ》み漁《あさ》ったのだ。

カサンドラは乙女《おとめ》ゲームの悪役令嬢という名を冠《かん》するに相応《ふさわ》しいハイスペックな娘だが、知識に関しては世界観相応のレベルしか持ち合わせていない。

そんな彼女が、基礎的なことしか書かれていない入門書とはいえ、数世紀は未来の知識を吸収していく。乾《かわ》いたスポンジが水をぐんぐん吸い込むように。

カサンドラの知識は確実に増えていった。

余談だが、リスナーが異世界の知識をコメントできないという件は相変わらずだ。ただし、カサンドラが入門書で読んで得た知識についてはコメントできるようになっている。

カサンドラが識《し》ることで、システムからこの世界に現存する知識と認識された――というのがリスナーの出した結論である。その結論を肯定《こうてい》するように、カサンドラが熟読した項目から順に、リスナーのアドバイスを受けることが可能になっていった。

そうして、カサンドラはリスナーと相談しながらスラム街を改革する計画書を書き上げた。

インフラの整備によって衛生面を改善し、将来的に発生する疫病《えきびょう》を未然に防ぐ。同時にトウモロコシを栽培《さいばい》し、それを餌《えさ》にニワトリを飼育することで雇用《こよう》を生み出す。

それらを合わせて、将来的な飢饉《ききん》にも備えることが出来るという計画だ。

細々とした問題点は、リスナーの監修《かんしゅう》で調整済みだ。だから問題なのは、いかにスラム街の人間を動かすか、という人の心の部分である。

どれだけ優れた計画でも、当人達にやる気がなければ成功はしない。

ゆえに、もっとも重要なのはコミュニティの協力を得ることだ。一方的に外部から救いの手を差し伸べるのではなく、彼ら自身が足掻《あが》くように仕向ける必要がある。

だが科学と違《ちが》い、人の心は移ろいやすい。ましてや、リスナーの暮らす場所とは文字通り世界が違う。スラム街の人々が、リスナーの思惑《おもわく》通りに動いてくれるとは限らない。

ゆえに、その調整が一番難航した。

それでもなんとか計画書を完成させ、それをレスターに提出する。それからほどなくして、レスターから呼び出しを受け、カサンドラは執務室《しつむしつ》へと足を運んだ。

部屋に入ると、レスターは執務椅子《しつむいす》に座《すわ》って計画書に目を通していた。それを、カサンドラは不安な気持ちで見守る。

『**大丈夫だって、カサンドラお嬢様**』

『**そうそう。俺達と一緒《いっしょ》に練り上げた、異世界式の計画案だぞ**』

『**これで却下《きゃっか》されたら嘘《うそ》よね**』

（たしかに、異世界の技術はすごいです。でも、わたくしはその知識をすべて理解している訳じゃない。企画書の書き方だって覚えたばかりで、上手《うま》く書けているかどうか……）

不安に思いながらもレスターの様子を見守る。そうしてじっと待っていると、おもむろに顔を上げたレスターがカサンドラを見つめた。

「いくつか質問があるのだが」

「なんなりとお聞きください」

（出来れば、わたくしが答えられる質問だけでお願いしますわね）

口に出した言葉とは裏腹に、心の中では弱気なことを考える。そんなカサンドラの内心を知ってか知らずか、レスターは「ならば――」と質問を開始した。

「貧困層《ひんこんそう》に仕事を与《あた》えるために、炊《た》き出《だ》しを対価に農地を開墾《かいこん》させるというのは分かる。郊外《こうがい》にちょうどいい土地があるというのも理解した。だが……なぜトウモロコシなのだ？」

「トウモロコシは連作障害が発生しにくい作物なんです」

「連作障害か……初めて聞く言葉だな」

レスターはそう言って、資料にある注釈《ちゆうしやく》へと視線を向けた。そこには、カサンドラが入門書とリスナーの言葉から導き出した連作障害のメカニズムが書かれている。

「同じ作物を作り続けると土が変容する、か。たしかに農地は使い続けると収穫量《しゆうかくりよう》が落ちるのは周知の事実だが、その原因がここに書かれている連作障害によるものだと？」

「他にも原因はございますが、大きな理由の一つですわ」

「……事実であれば素晴《すば》らしい発見だが、いったい何処で知った？」

探《さぐ》るような眼差《まなざ》し。

まさか、自分の日常が異世界に配信されていて、それを見た異世界のリスナーからアドバイスをもらっている――なんて言えないカサンドラは答えに窮《きゆう》する。

「そ、それは、その……天啓《てんけい》を賜《たまわ》ったのです」

「……天啓だと？」

『**天啓は草w**』

リスナーから突《つ》っ込《こ》みが入る。同時にレスターから疑いの眼差しを向けられたカサンドラは、その視線を真正面から受け止めつつも、冷《ひ》や汗《あせ》をダラダラと流した。

そうして無言の圧力に耐《た》えていると、レスターが息を吐く。

「まぁいいだろう。重要なのはこの内容が事実かどうかだ。この資料に書いてあるとおり、トウモロコシは連作障害が発生しにくい。そういう認識でいいのだな？」

「はい。いずれは対策が必要になるかもしれませんが、当面は問題ありません。また、土が痩《や》せることはあるため、肥料で補うなどの対策は必要ですが――」

肥料の一部に鳥の糞《ふん》を使う。トウモロコシを育て、それを餌にニワトリを育てる。そうして集まった糞を肥料として循環《じゅんかん》させる。そういう予定であると計画書に書いてある。

「……ふむ。スラムの事業だけで循環させる訳だな。だが、連作障害の原因が分かったのだ。障害が発生しないように、違う作物を交互《こうご》に植えていく手もあるのではないのか？　そうすれば、もっと有用な作物を育てられるだろう」

それはカサンドラが最初に考えたことであり、入門書に載《の》っていた情報でもある。

「おっしゃるとおりではありますが、最初から複雑な作業は好ましくないと考えました」

読み書きもままならないスラムの住人に複雑な仕事を任せるのは無謀《むぼう》だ。ゆえに、作業は単純明快を目指した――というのは建前だ。

単純作業の方がいいのは事実だが、連作の対策となる作物の植え方はリスナーから聞くことが出来る。輪作をする程度であれば、それほど難しいことはない。それでもトウモロコシにこだわったのは、その使い道が食用以外にも多くあるからだ。

食料を大量生産して食べ物が飽和《ほうわ》すると、価格を維持《いじ》するために他の作物の生産量が低下する可能性は高い。食料《しょくりょう》の自給率が変わらなければ、来たるべき飢饉の対策にならない。

それを危惧《きぐ》したのだ。

ゆえに、非常時には食料になるけれど、普段は食料として使わない作物を選んだ。それこそが、三年後に訪《おとず》れるであろう飢饉に対する対策の一つである。

もちろん、レスターには秘密の計画である。

「……おまえの考えはよく分かった」

「では、わたくしに任せていただけるのですね」

カサンドラは執務机に身を乗り出すが、レスターはそれを手の平で制した。

「そのまえに疑問がある。おまえはさきほど、スラム街の人々に複雑な農業をさせるのは難しいと言ったな？　その点についてはどう解決するつもりだ？」

「それならば、こちらをご覧ください」

新たな計画書を提出する。

そこに書かれているのは、闇《やみ》ギルドに協力を取り付けるという内容。これこそが、カサンドラがリスナーと話し合って決めた、コミュニティを動かすための秘策。

それを目にしたレスターは目を見張った。

「……正気か？」

『やっぱりそう思うよな（笑）』

『【悲報】お兄様にあたおか判定されるカサンドラお嬢様』

『解釈《かいしゃく》完全一致《いっち》w』

「……皆さんが提案したことなのに、その言い草はなんですの？」

カメラに向かって小声で呟《つぶや》いた。カサンドラとて、最初はその案に反対していた。自分が破滅する要因の一つ、闇ギルドとは出来れば関《かか》わりたくないから。

だが、一部のリスナーがそれに異論を唱えた。

闇ギルド——赤い月は義賊《ぎぞく》で、そのマスターは有能な攻略対象《こうりゃくたいしょう》であり、決して避《さ》けるべき相手ではない。むしろ積極的に関わって味方に付けるべきだ——と、そう言われたのだ。

なにより、スラムのコミュニティに深く関わっている彼らを味方に付ける利点は大きい。そういった説得を受け、カサンドラはリスナーの意見を採用することにした。

だが、レスターはカサンドラの運命を知らない。だから、彼がカサンドラの正気を疑うのは他の理由。純粋《じゅんすい》にカサンドラが闇ギルドの者達と関わることを案じているのだ。

（誰かに心配されるのは、こんなにも嬉《うれ》しいことなんですわね）

喜びを噛《か》みしめて、それでも必要なことだとまえを向く。

「心配してくださってありがとうございます。ですが、大丈夫ですわ。なにも無条件で闇ギルドを信頼《しんらい》する訳ではありません。交渉《こうしょう》して、ダメそうなら他の手を考えますから」

口ではそう言うが、カサンドラはなんとしても交渉は成功させるつもりだった。

来たるべき災害を乗《の》り越《こ》えるためには、あまり悠長《ゆうちょう》にしていられない。闇ギルドの者達の協力を取り付けることは、災害を乗り越えるための有効な手段だから。

そんなカサンドラの内心を知ってか知らずか、レスターは小さく頷《うなず》く。そうして席を立った彼はカサンドラのまえに歩み寄ってきて、その大きな手でカサンドラの頬を撫《な》でる。

「……カサンドラ、決して無理をするなよ」

兄が信頼と心配の感情を抱《いだ》いて揺《ゆ》れている。それに気付いたカサンドラはこのうえない喜びを感じた。そうして、兄の手に自ら頬を寄せた。

「お兄様、心配してくださってありがとうございます。お兄様の言うとおり、わたくしは無理をしません。無茶は……するかもしれませんが」

レスターは軽く目を見張って、それから仕方がないなと溜《た》め息を吐いた。

『**妹に呆《あき》れるお兄様が尊い**』

『**さすがレスター様、呆れ顔も絵になるわ**』

『**いたずらっ子みたいなカサンドラお嬢様も可愛いぞ**』

『**これはてぇてぇな兄 妹愛《きょうだいあい》**』

リスナーのコメントを横目に、兄に撫でられるに身を任せる。そうして家族の愛情を満喫《まんきつ》していると、レスターがおもむろに口を開いた。

「ところで、ここに書いてある、トウモロコシの種をエメラルドローズ子爵から買い付けるというのは一体どういうことだ？」

「それは言葉通りですわ。理由はいくつかございますが、エメラルドローズ子爵の領地で育てているトウモロコシの品種が、この領地で育てるのに適しているのです」

これもリスナーから仕入れた情報だ。

エクリプス侯爵家が没落《ぼつらく》した後、聖女の支援《しえん》で復興する。そのときに栽培された作物の一つが、エメラルドローズ子爵領で育てられていたトウモロコシなのだ。

ちなみに、この世界でも交配による品種改良はおこなわれている。

科学的な根拠《こんきょ》がある訳ではなく、農民の経験から来る知恵《ちえ》という設定。その上で、エメラルドローズ子爵領で育てられているトウモロコシが優れている、という話である。

もちろん、エメラルドローズ子爵と関わるということは、カサンドラを破滅に導く大きな要因、聖女とも関わる可能性がある、ということだ。

破滅の要因に関わることに、カサンドラは最後まで迷った。だがこの件も闇ギルドと同様に、最終的には積極的に関わった方が安全という結論に至った。

カサンドラは基本的にアクティブな性格をしている。

「それで、お兄様。わたくしにスラムの改革を任せてくださいますか？」

「いいだろう。おまえに臨時で行政官の地位を与える。文官と護衛の騎士《きし》は付けさせてもらうが、よほどのことがなければ口は出さないので好きなようにやってみろ」

「ありがとうございます。必ず、お兄様のご期待に応《こた》えて見せますわ」

蕾《つぼみ》が花開くように微笑《ほほえ》んだ。カサンドラが懸《か》けるのは自らの運命。

彼女は破滅の未来を打ち破ろうと、自らの意思でその一歩目を踏《ふ》み出《だ》した。

3

スラム街の改革における行政官の地位を賜った。地域が限定されているとはいえ、正式な役職には違いない。カサンドラはレスターに感謝し、さっそく行動を開始する。

『それで最初に向かうのがスラム街にある闇ギルドというのが笑えるw』

『本気で闇ギルドと取り引きするのか（笑）』

『自分が破滅する原因なのに積極的に関わるのは草』

「今更《いまさら》――っていうか、皆さんも納得したじゃありませんか！」

リスナーは前回のやりとりを忘れたようなコメントをすることがある。これは、リスナーが一人ではない上に、そのリスナーが視聴《しちょう》していない時間帯もある、というのが原因だ。

ただ、それを正しく理解していないカサンドラは小さく息を吐いた。

「乙女ゲームのわたくしが、闇ギルドと取り引きした末に裏切られて破滅することは知っています。でもそれは、わたくしが他人を陥《おとしい》れようとしたから、なのでしょう？」

原作のカサンドラは、聖女を陥れるために闇ギルドを利用する。

だが、カサンドラが悪事を依頼《いらい》した闇ギルドは義賊、いわゆる必要悪に分類される存在だった。それどころか、闇ギルドのリーダーは攻略対象の一人である。

ゆえに、元平民の聖女に危害を加えようとする悪役令嬢を許さない。結局、彼が裏切ったことにより、悪役令嬢は悪事を企《くわだ》てた証拠《しょうこ》を摑まれてしまう。

これこそ、悪役令嬢が悪事を暴《あば》かれる最大の理由である。

——というのが、リスナーから教えてもらった情報である。

それでも、いや、だからこそというべきか、悪の道を進まぬと決めたいま、闇ギルドに協力を求めるべきだ。そう言われて覚悟《かくご》を決めたのだ。

そう説明すれば、リスナー達はなるほどと納得をし始めた。だが、闇ギルドとの取り引きに懸念《けねん》を示しているのはリスナーだけではない。

「カサンドラお嬢様、本当に闇ギルドに向かわれるのですか？」

懸念を口にしたのはリリスティアだ。赤い髪を一つに纏《まと》めた彼女は、ピシッとした服を纏う綺麗なお姉さん。レスターがカサンドラの補佐《ほさ》として付けてくれた文官である。

「ええ。お兄様にも説明しましたが、彼らから協力を得ることこそが、スラムを復興させる上での成功の鍵《かぎ》だと思っていますもの」

「それは理解できます。ですが、なにもカサンドラお嬢様が出向かずとも……」

リリスティアはカサンドラの身を案じているらしい。

「ありがとう、でも護衛がいるから大丈夫よ」

「……そうして、なにかあれば我々護衛の責任を問うおつもりですか？　そもそも、貴女《あなた》になにかあれば、レスター侯爵の名誉《めいよ》に関わると理解していらっしゃるのですか？」

忌々《いまいま》しげに言い放ったのは護衛騎士のウォルターである。

ブラウンの髪とエメラルドの瞳を持つ整った顔立ちの若い騎士。彼もリリスティアと同様、レスターがカサンドラのために選んだ部下の一人だ。

二人が若いのは、カサンドラの部下として長く仕えることを考えてのことだ。しかし、リリスティアはともかく、ウォルターの方はカサンドラの下につくことを不満に思っていた。

（お兄様に忠誠を誓《ちか》っている期待の新人。将来はお兄様の護衛騎士に……と思っていたら、その妹のお守《も》り役を押し付けられて不満、といったところかしら？）

事実としてカサンドラにはなんの実績もない。ウォルターが不満に思うのは仕方のないことだ。ここから実力を示し、彼を従えるしかないだろう。

カサンドラはそんなことを考えていたのだが――

『リリスティアお姉様素敵！』

『カサンドラお嬢様とのてぇてぇ期待』

『俺はウォルターがいつデレるのか楽しみだな』

『レスター様×ウォルター様の薄《うす》い本を希望』

リスナーは暢気《のんき》に盛り上がっている。彼が忠誠を誓ってくれるかどうか、カサンドラにとっては結構な問題なのだが、リスナーにとっては大した問題ではないらしい。

それが頼もしいような、そうでないような……とカサンドラは苦笑《くしょう》する。

「なにがおかしいのですか？」

自分が笑われたと思ったのだろう。ウォルターがその整った顔に僅《わず》かながらも怒《いか》りを滲ませた。だが、いつまでもその態度ではいただけないとカサンドラは口を開く。

「なぜ自分が笑われたのか、貴方《あなた》はその程度も分からないのですか？」

「なにをっ！」

「わたくしは闇ギルドに出向くと伝えました。その結果、お兄様はわたくしの護衛として貴方を選んだ。わたくしになにかあれば、お兄様の名誉が傷付くのは当然でしょう？」

「それ、は……」

「貴方の不満は理解しているつもりですわ。だからわたくしに忠誠を誓えとは言わない。でも、お兄様に忠誠を誓っているのなら、お兄様の信頼を損なうような真似《まね》は止《や》めなさい」

「……肝《きも》に、銘《めい》じます」

ウォルターは絞《しぼ》り出《だ》すような声で応じ、ぎゅっと拳《こぶし》を握《にぎ》り締《し》めた。

『カサンドラお嬢様辛辣《しんらつ》ぅｗ』

『だがそこにシビれるあこがれる』

『悪役令嬢なのに正論で叩《たた》き伏《ふ》せた（笑』

（少し言い過ぎましたでしょうか？　でも、この事業は失敗する訳にはいかない。彼が言うとおり、わたくしの失敗はお兄様の不名誉になるのだから）

彼は上辺でしかそのことを理解していなかったのだろう。でなければ、カサンドラに不満な態度を取って、レスターの顔に泥《どろ》を塗《ぬ》るような真似をするはずがない。

それを指摘してなおウォルターが反発するようなら、護衛を替《か》えてもらう必要があるだろう。それこそ、レスターの顔に泥を塗る行為《こうい》だが、後に問題を起こすよりはずっとましだ。

そんなことを考えながらスラム街を歩く。

そうしてしばらく歩いていると、不意に腕《うで》を掴まれた。カサンドラの腕を掴んだのはウォルターだった。一体どういうつもりだろうと困惑《こんわく》する。

だが、彼は「おさがりください」とカサンドラを背後に庇《かば》い、路地を睨みつけた。その次の瞬間、路地から子供達が飛び出してきた。

「おまえ達、そこを動くな！」

急接近してくる二人に対し、ウォルターが抜刀《ばっとう》する。

それに驚いた子供達は尻餅《しりもち》をついた。

『ウォルター、子供相手に大人げない』

『いやでも、この世界なら子供が暗殺者、なんてこともあるんじゃないか？』

『それより、ウォルターがツンデレ説』

『さっきあんなに悪態吐いてたのに、とっさにカサンドラお嬢様を庇ったからなｗ』

『カサンドラお嬢様の言葉が効いたんじゃないか？』

（言われてみれば……）

感情で嫌《きら》っていても、仕事はちゃんとするタイプ。あるいは、さきほどのカサンドラの言葉を素《す》直《なお》に聞き入れたのかもしれない。どちらにせよ、護衛として頼りになりそうだ。

だけど——と、カサンドラは子供達へと視線を向けた。

男の子と女の子で、年は十歳《さい》くらいだろう。

身なりからして、かなり苦しい生活を強《し》いられていると思われる。そういう意味では、誰かにお金を渡《わた》されて、カサンドラの命を狙《ねら》う可能性も零《ぜろ》ではない。

けれどカサンドラは、子供達の様子から敵意はないと判断する。

「ウォルター、剣《けん》を収めなさい」

「カサンドラお嬢様、自分のお立場というものをもう少し考えてください」

「貴方が護ろうとしてくれたことを咎《とが》めたりはしないわ。だけど、ごらんなさい。怯《おび》えきっているし、わたくしに対して敵意があるようには見えないでしょう?」

「しかし——」

それでも、カサンドラの身を守るのが優先だと、彼の真剣な目が訴《うった》えている。カサンドラはわずかに息を吐き、子供達には聞こえないように声のトーンを落とした。

「剣を下ろしていても、貴方なら対処できるでしょう?」

兄が選んだ護衛ならそれくらいの実力はあるはずだと指摘する。ウォルターは軽く目を見張って、

「かしこまりました」と剣を納めた。

ただし、とっさにカサンドラを庇える距離《きょり》から離《はな》れようとはしない。口ではあれこれ言いながら、

本当にカサンドラのことを気に掛けているようだ。

（なるほど。これがツンデレというのですね）

リスナーから少し歪《ゆが》んだ知識を仕入れつつ、子供達へと視線を向けた。女の子は完全に怯えきっており、男の子がその女の子を健気《けなげ》にも庇おうとまえにでた。

「おまえら、あいつらの仲間か⁉」

「カサンドラお嬢様になんという口の利《き》き方《かた》を」

リリスティアが咎めるが、カサンドラは「止めなさい」と遮《さえぎ》った。

「わたくしがローブを纏っているのはなんのためだと思っているのですか」

いまのカサンドラはフード付きのローブを纏っている。それは、身分を誇示《こじ》することでよけいなトラブルを持ち込まないためだ。

なのに、身分を振《ふ》りかざしたらなんの意味もない。

「……失礼いたしました」

リリスティアがそう言って下がる。

それを横目に、再び子供達へと視線を戻した。

「あいつらというのが誰のことか分からないけれど、あなた達と出くわしたのは偶然《ぐうぜん》よ」

「そう、なのか？」

「ええ。というか、なにをそんなに怯えて――」

いるのかという問いは意味を成さなくなった。子供達が飛び出してきた路地から、今度はガラの悪そうな二人組の男が飛び出してきたからだ。

「へっ、ようやく追いついたぜ」

「もう逃《に》げられないぜ」

『なんか噛ませ犬っぽいのきちゃーっ！』

『これはテンプレの予感！』

男達の出現に怯えた子供達が、カサンドラの背後へと隠《かく》れる。

どうやら、子供達はこの連中から逃げていたらしい。

「なんだ、おまえら。俺達の邪魔《じゃま》をするつもりか？」

「理由によりますが……あなた方は、なぜ年端《としは》もいかぬ子供を追い掛けているのですか？」

「あん？　女？」

カサンドラの声を聞いた瞬間、男達の態度が悪くなる。

「あいつら、俺達を奴隷商《どれいしょう》に売ろうとしたんだよ！」

男の子が叫《さけ》び、カサンドラはぴくりと眉《まゆ》を動かした。この世界には奴隷制度が残っているが、それは犯罪者や借金のある者に労働をさせる制度だ。

人攫《ひとさら》いはもちろん、子供の売買も禁止されている。

「いまの話、本当なのですか？」

「あ？　だとしたらなんだってんだ」

「子供の売買は禁止されているはずですが」

「はっ、おまえ、赤い月の俺達に説教するつもりか?」

男が馬鹿《ばか》にするように言い放つ。

その言葉にカサンドラは眉を寄せた。赤い月というのは、この辺りを支配する闇ギルド、カサンドラが取り引きをしようとしていた相手だったからだ。

『**スラムを救うか子供を救うか、究極の二択《たく》——ってところか?**』

不意に視界に映った、リスナーのコメントがカサンドラの心をざわめかした。

4

この世界の元となった乙女ゲームで、悪役令嬢が破滅する鍵となる。

その闇ギルドの名前が赤い月だ。

リーダーは攻略対象の一人で、闇ギルドは義賊という立ち位置。悪役令嬢の傲慢《ごうまん》な振る舞《ふま》いが許せず、彼女の悪事を王太子にリークする。

そういった存在だからこそ、カサンドラは彼らと手を結ぶ算段を立てた。だが、その赤い月を名乗るゴロツキが、子供達を奴隷商に売ろうとしている。

決して許せることではないが、子供達を助ければ赤い月と敵対することになる。

その場合、スラムの救済が大きく遅《おく》れることになる。それはつまり、三年後に迫《せま》っている、カサンドラの破滅を阻止《そし》する可能性が低くなる、ということだ。

『赤い月って義賊じゃなかったのか？』

『まぁ義賊といっても、闇ギルドには変わりないからなぁ』

『話が違うんじゃないか？』

『綺麗事だけじゃままならないってことなのかな？』

コメントが流れるのを、カサンドラは静かに見つめていた。

綺麗事だけではやっていけない。それはなにも闇ギルドだけの話じゃない。領主の運営だってそうだ。そのことを、貴族として育ったカサンドラはよく理解している。

だから、ここで問題なのは――と、ちょうどそのことを言及《げんきゅう》するコメントが表示された。

『それより、カサンドラお嬢様はどうするつもりなんだ？』

『子供を救ってあげて！』

『いや、可哀想《かわいそう》だと思うけどさ。闇ギルドと敵対したら、スラムの改革が絶対遅れるじゃん』

『あんな小さな子供を見捨てろって言うの⁉』

『そうだそうだ！　自分さえよければそれでいいって言うのかよ！』

『違う。スラムの改革が遅れれば疫病を防げないかもしれないだろ？　その場合、真っ先に死ぬのはスラムの住人だ。その中に、どれだけの子供がいると思う？』

『それ、は……』

『人のバックストーリーを知って同情するのが人間だ。だけど、政治家は個人に肩入《かたい》れするべきじゃない。全体を考えて決断するのが政治家なんだ』

『それは、そうかもしれないけど……子供を見捨てるのは、なぁ……』

『いや、俺も気持ちは分かるけど、な……』

コメントに悲壮感《ひそうかん》が漂《ただよ》っている。

それを眺めていたカサンドラは小さく笑う。

「リスナーの皆さんもそのように迷うことがあるのですね」

そう呟いて、子供達に視線を合わせるように前屈《まえかが》みになった。

「あなた達は、どうして売られそうになっているのかしら？」

「それは……うちが貧乏《びんぼう》で……」

「それで、借金のかたに売られたのですか？」

「違う！　最初は赤い月で雇《やと》ってくれるって話だったんだ！　なのにあいつら、俺達を奴隷商に売ろうとしたんだ！　だから、俺はユナを逃がそうと……」

「リクお兄ちゃん……」

リクと呼ばれた男の子が、ユナと呼ばれた女の子を必死に背後に庇っている。それを見たカサンドラは「小さくても男の子ですわね」と、リクの頭に手を乗せた。

「……お姉ちゃん？」

「もう大丈夫ですわ。後はわたくしに任せておきなさい」

立ち上がったカサンドラは、チラリとコメント欄《らん》に視線を向けた。そこにはカサンドラの決断を支持しつつも、本当にそれでいいのかと問うようなコメントが散見していた。

「皆さん、申し訳ありません。わたくしは政治家には向いていないようです。でも、未来を諦《あきら》める訳ではありません。彼らを救って、スラムも救ってみせますわ」

カサンドラはそう呟いて、赤い月の連中に冷たい眼差しを向ける。

「あなた達、この子達の言い分に異論はございますか？」

「異論？　あぁあるね。そいつらを買ったのは俺達だ。どう使おうと、俺達の自由だろ？」

「……このような外道《げどう》と分かっていれば、最初から迷う必要はありませんでしたわね。痛い目に遭《あ》いたくなければ立ち去りなさい」

手《て》の甲《こう》で肩口に零《こぼ》れ落ちた髪を払《はら》いのけてローブを脱ぎ捨てる。

『カサンドラお嬢様、格好《かっこう》いい！』

『これは惚《ほ》れる！』

『茨《いばら》の道と分かった上で進むのか……っ。まったく、呆れたぜ。これの何処が悪役令嬢だよ。でも、嫌いじゃない！　俺も最後まで付き合うぜ！』

『悪役令嬢らしからぬ行動だな。だが、俺は信じてたぜ！』

『私も信じてたわ！』

コメントが大いに盛り上がり、スパチャが飛び交った。それが見えている訳ではあるまいが、赤い月の連中は激昂《げっこう》する。

「さっきから聞いてりゃ、ごちゃごちゃうるせぇんだよ！」

連中の一人が摑みかかってくる。だが、その手がカサンドラに届くより早く、ウォルターがその男の腕を掴んで投げ飛ばした。

「――くはっ！」

「てめぇ、なにしやがる！」

背中をしたたかに打ち付けた男が呻《うめ》き声《ごえ》を上げ、別の男が声を荒《あら》らげた。そんな彼らにカサンドラは冷ややかな視線を向ける。

「なにをするもなにも、先に手を出してきたのはそちらでしょう？」

「うるせぇ！　こうなったらおまえも捕《つか》まえて奴隷に――っ」

男はカサンドラに詰め寄《よ》るが、セリフを言い終えることは出来なかった。カサンドラが男の動きに合わせ、カウンターで回《まわ》し蹴《げ》りを放ったからだ。

スカートがひらりと舞って、その下に隠れていた生足がちらりと見える。次の瞬間、回し蹴りを喰《く》らった男は盛大《せいだい》に吹《ふ》き飛《と》ばされ、壁《かべ》にぶつかってくずおれた。

「わたくしを奴隷になどと……ぶっとばしますわよ？」

『**盛大に蹴ってから言うなw**』

『**説得（物理）**』

『**カサンドラお嬢様すてきいいいいいいい！**』

コメントが盛り上がっているが、カサンドラはすべて黙殺《もくさつ》した。なお、リリスティアやウォルターがなにか言いたげな顔でカサンドラを見つめているが、そちらの視線も黙殺する。

「さて、最後の忠告です。ぶっとばされたくなければ、いますぐ立ち去りなさい」

『だから、蹴ってから言うなって（笑）』

『ってか、カサンドラお嬢様って格闘術《かくとうじゅつ》も身に付けてるのか？』

『原作でそんな描写《びょうしゃ》ってあったっけ？』

『なかったと思うが、悪役令嬢ってハイスペックだから……か？』

コメントで疑問が上がる中、カサンドラは男に詰め寄った。

「さぁ、どうするのですか？」

カサンドラの圧力に、男達がすくみ上がる。それを目の当《ま》たりにしたカサンドラは不意に人差し指を頬に添えて小首をかしげた。

「……というか、彼らを亡《な》き者《もの》にすれば、赤い月と敵対せずに済むのではないかしら？」

『発想が物騒《ぶっそう》w』

『バレなければ犯罪じゃないってか（笑）』

コメントはどちらかといえば否定的だが、カサンドラはわりと本気だ。バレなければ犯罪じゃないというのは、貴族社会においてはわりとありふれた考え方だから。

けれど――と、子供達に視線を向ける。

（子供を売るような相手とは取り引きできませんわね。せっかく、わたくしのために、スラムを救う方法を考えてくださったリスナーには申し訳ありませんが……）

赤い月との取り引きは諦め、他の手を考える。

「ウォルター、彼らを拘束《こうそく》して警備隊に突き出しなさい」

「――はっ」

彼はカサンドラの命令を即座《そくざ》に実行した。その態度がさきほどまでと変わっているように感じたカサンドラは小首をかしげる。

『ウォルター様、急にやる気を出してない？』

『ウォルターなら、カサンドラお嬢様の一撃《いちげき》に見惚れてたぞ』

『あぁ、それでw』

『お嬢様の回し蹴り、格好よかったからな』

『俺らみたいに、お嬢様のファンになったか（笑』

『即堕《そくお》ち二コマで切り抜き確定』

（認めてもらえた……ということでしょうか？）

であれば、今後の動きが楽になるかもしれない。そんなことを考えながらウォルターが二人組の拘束するのを見守っていると、リリスティアが近寄ってきた。

「カサンドラお嬢様、どこであのような格闘技を身に付けられたのですか？」

「あぁ……ちょっと入門書をね」

「入門書……ですか？」

リリスティアはよく分からないと首を傾《かし》げた。

だけど――

『おい、入門書って、あのショップで買った入門書のことだよな？』

『だと思うけど、本を読んだだけで、あの回し蹴りが出来るか……？』

『出来てたまるかw』

『わい、あの魔術書を読んでるけど、魔力を感知できるようになったお』

『妄想乙《もうそうおつ》』

『ってても、カサンドラお嬢様、一度も実技訓練はしてないんだよなぁ……』

『おいおい。おまえ、ずっとこの配信に張り付いてるのかよ（笑』

『いや、お嬢様の行動を纏めたｗｉｋｉがある』

『なにそれ詳しく』

そんなコメントを横目に眺めていると、路地裏から新手の男達が姿を現した。

「おいおい、これは一体なんの騒《さわ》ぎだ？」

一人、二人、三人、四人と、そこかしこの路地から現れる。気が付けば、カサンドラ達は十人ほどの男達に包囲されていた。

個々の戦力で見れば、ウォルターやカサンドラの方が圧倒的《あっとうてき》だろう。

だが、多勢に無勢で包囲されているのはいかにも苦しい。最悪は強攻策《きょうこうさく》になるだろう。だが、なんとかこの状況を打開しようと、カサンドラは頭を働かせる。

（そうよ。まだ彼らが赤い月の者達と決まった訳じゃないわ。対抗勢力《たいこうせいりょく》という可能性も……）

「それで、てめぇらは、俺達赤い月の庭先でなにをやっているんだ？」

「あ、終わりましたわーっ」

淡《あわ》い希望は儚《はかな》く散ったと、カサンドラは頭を抱える。

『カサンドラお嬢様、大丈夫か？』

『終わりましたわーっ、じゃねえよｗ』

『このお嬢様、なんかリスナーに染められてないか？』

『非戦闘員《ひせんとういん》がいる上に、包囲もされてるんじゃ厳しいぞ、どうするんだ？』

リスナーからも不安の声が上がるが、カサンドラは自分を奮い立たせる。

（そうよ。ここまできたら前に進むだけ。それに赤い月と取り引きをしないなら、区画整理の上で彼らの存在は邪魔になる。覚悟を……決めましょう）

決意を新たに、カサンドラは再びまえに進み出た。

「なにをやっているのかとおっしゃいましたわね。この状況を見て分かりませんか？　子供達を奴隷商に売り飛ばそうとした赤い月の悪党をぶっとばしたところですわ！」

片手は腰に、肩口に零れ落ちた髪をもう片方の手の甲で払いのけた。まさに悪役令嬢のスタイルで相手を挑発《ちょうはつ》する。そうして相手を怒《おこ》らせ隙《すき》を作るのが目的。

だが相手の反応は、カサンドラが予想したものではなかった。

「なんだと、もう一回言ってみろ」

「……？　ですから、ご覧のように悪党をぶっとばしたと申しましたが？」

「そうじゃねぇ。赤い月って言ったか？」

「え？　ええ。そう言いましたが……？」

それがなにかと、カサンドラが問うよりも早く、カサンドラと話していた男がウォルターが拘束した連中のもとへと近付いてきた。

ウォルターが剣に手を掛けようとするが、カサンドラが待ったを掛ける。それを横目に、男は拘束されている者達の顔を確認した。

「兄貴、こいつらです。赤い月の縄張《なわば》りで悪さをしていた連中は」

男は背後にいる仲間に向かってそう言った。

「そうか、これは手間が省けたな。そっちの嬢ちゃん、助かったぜ」

兄貴と呼ばれた男が破顔する。

さきほどまでの、こちらを警戒《けいかい》する雰囲気《ふんいき》はすっかり抜け落ちていた。

「……どういうことですの？」

「ん？　あぁ、そいつらは赤い月の名を騙《かた》って悪事を働いている小悪党でな。懲《こ》らしめるために捜《さが》していたところ、この状況に出くわしたって訳だ」

「……つまり、あなた方が本物の赤い月で、彼らは偽物《にせもの》だと？」

「まぁそういうこった」

（なるほど、それで人身売買なんて悪事を。どうりで聞いた話と違うと思いました。ですが、この分なら、彼らと敵対することもないでしょう。不幸中の幸い――っ）

そこまで考えたカサンドラは息を呑《の》んだ。自分がどれだけ無自覚に危険な道を歩んでいたか気付いたからだ。

赤い月はこの犯罪に関わっていなかった――どころか、それを断罪しようとしていた。赤い月と手を組むことを優先して悪事を見過ごすことを選択《せんたく》していたら、赤い月の連中はカサンドラを人身売買に手を染めるような令嬢として敵視していただろう。

それはつまり、原作で破滅するのと同じ展開である。

（落ち着きましょう。大丈夫、わたくしは正しい選択をしたはずですわ）

「あなた方の事情は分かりました。その上で申し上げます。彼らの処分はわたくしに任せてくださいませんか？」

カサンドラは兄貴と呼ばれた男の真正面に立った。

「……嬢ちゃんに任せろだ？　こいつらをどうするつもりだ」

「もちろん、警備隊に突き出し、断罪させますわ」

「断罪？　馬鹿を言え。証拠不十分で釈放《しゃくほう》されて終わりだろ」

「いいえ、わたくしがそうはさせません」

「なにを根拠に……」

疑惑《ぎわく》の視線を向けてくる。その視線を一身に受けながら、カサンドラは異世界から取り寄せたワンピースを翻す。

「わたくしはエクリプス侯爵家の娘。このスラムを救うため、貴方がたの力が必要です」

5

「それで、侯爵令嬢様が赤い月になんの用だってんだ?」

闇ギルド赤い月のアジトにある一室。カサンドラと赤い月のギルドマスターがローテーブルを挟《はさ》んでソファに腰掛《こしか》け、互《たが》いに相手を探るような面持《おもも》ちで向き合っていた。

ギルマスの名前はヴェイン、年は二十三歳だ。艶《あで》やかなブラウンの髪に、強い意志を秘めたエメラルド色の瞳を持つ、整った顔立ちの青年である。

彼は原作乙女ゲームの攻略対象の一人である。

義賊と呼ぶに相応しい人格の持ち主であるが、彼はある理由により権力者を嫌っている。ゆえに、いまもカサンドラに向ける眼差しは険しいものだった。

また、彼の背後に控《ひか》えている護衛らしき者達も統率《とうそつ》が取れている。

(トップの志が尊くとも、部下を纏められていないのなら意味がない……と思いましたが、すべては誤解だったようですわね)

「話というのは外《ほか》でもありません。貴方の力を借りたいのです」

「はっ! どっかのご令嬢に嫌《いや》がらせでもしろってか?」

カサンドラは僅かに身を震《ふる》わせた。いまのヴェインのセリフが、リスナーから聞かされていた原作乙女ゲームにおける、悪役令嬢とヴェインのやりとりと同じだったからだ。

（大丈夫、落ち着きなさい。リスナーから聞いた原作のわたくしとは違う。わたくしが頼むのは力ない者への暴力ではなく、救いの手を差し伸べる手伝いですもの）

カサンドラは動揺《どうよう》を押し殺し、その整った顔に微笑みを浮《う》かべた。

「わたくしが望むのは、力なき人々への救済ですわ」

「なんだ、妖《あや》しげな宗教でも始めようっていうのか？」

「いいえ、エクリプス侯爵家の事業ですわ」

背後に控えているリリスティアへと視線を向ける。頷いた彼女が、ローテーブルの上に書類を並べた。それは、カサンドラがこの地域の行政官に任命されたという証明書だ。

「……嬢ちゃんがこのスラム街を改革するだって？　なんの冗談《じょうだん》だ？」

「貴様、誰に向かってそのような口を――」

ウォルターが声を荒らげるが、カサンドラは片手をあげることで遮った。だが、ウォルターはそれすらも納得がいかないとばかりに口を開く。

「カサンドラお嬢様、ここで立場の違いをハッキリさせなければ舐《な》められます」

「いいえ、それは違いますわ。彼がわたくしを見くびっているのは、わたくしがなんの実績もない小娘だから。結果を出せば、彼も自然とわたくしに敬意を払うはずよ」

いまの貴方のようにね――と視線を向ければ、その視線に込められた意図に気付いたウォルターがばつの悪そうな顔をした。

「護衛が失礼しましたわね」

そう言って視線を戻したカサンドラは瞬いた。

ヴェインが静かに笑っていたからだ。

「嬢ちゃん、中々に面白《おもしろ》い女だな」

「褒《ほ》め言葉《ことば》として受け取っておきますわ」

褒められていると思ったわけではないけれど、挑発に乗るつもりはないと受け流す。

だけど――

『面白い女ｗ』

『これはｗ』

『テンプレきたあああああっ！』

『なになに？　どうしたの？』

『説明しよう。〝面白い女〟とは、性格のキツい攻略対象が、ヒロインに興味や好意を抱いたときに口にする、お約束の言葉なのである！』

悪役令嬢が攻略対象のフラグを立てた――と、コメントは大盛り上がりである。これには、社交辞令的な感じで褒め言葉として受け取ると口にしたカサンドラも困惑する。

（え？　さっきのが本当に褒め言葉なんですの？　面白い女って言われて喜ぶ女性は少ないと思いますが……）

カサンドラは身《み》も蓋《ふた》もないことを考えながら、ヴェインへと視線を戻す。

「それで、わたくしに協力していただけるのかしら？」

「まぁ待ちな。嬢ちゃんがお高くとまった娘じゃないのは分かった。だが、だからって俺達の庭で好き勝手にされたらたまらねぇよ」

「……一応言っておきますが、その庭の所有者はエクリプス侯爵家ですわよ？」

カサンドラの冷静な指摘にヴェインが沈黙《ちんもく》する。

『正論は止めて差し上げろｗ』

『闇ギルドのマスターがマスター（笑）になってしまう』

『そんなところで悪役令嬢の口の悪さを発揮するな（笑）』

『カサンドラお嬢様、フォローしてあげて！』

リスナーにたしなめられ、カサンドラは慌ててフォローのセリフを考える。

「ええっと……その、赤い月がスラムを実質的に管理しているのは存じておりますわ。だからこそ、わたくしはあなた方の協力を得たいと思っているのですわ」

「……どういうことだ？　というか、俺達になにをさせようって言うんだ？」

「――リリスティア。彼に資料を」

カサンドラの声に、リリスティアが資料をヴェインへと差し出した。それは先日、カサンドラがレスターに提出した計画書の写しである。

ヴェインはその資料に目を落とし、最初は面倒《めんどう》くさそうに、やがて真剣な顔で読み始めた。そうして黙々《もくもく》と資料に目を通すこと数分、ヴェインはおもむろに顔を上げた。

「……これは、本気なのか？」

「なにか問題がありましたかしら？」

「いや、よく出来ている。事業の内容もだが、スラムの連中の使い方をよく理解している。これを本当に嬢ちゃんが計画したのか？」

「ええ――と言いたいところですが、わたくし一人の力ではありませんわ」

そう言って、含みのある笑《え》みを浮かべる。

『カサンドラお嬢様、悪役令嬢なのに謙虚《けんきょ》っ！』

『いや、いまのは違うんじゃないか？　背後に見識のある人間がいるとほのめかすことで、自分の計画が失敗することはないと思わせる作戦とみた』

（わたくしの思惑を見透《みす》かすのは止めていただきたいのですが……）

恥ずかしくなるから――と、コメントを読んでいたカサンドラは少しだけばつが悪そうな面持ちで呟いた。だが、すぐに頭を振って内心を隠す。

「それで、わたくしの要請《ようせい》を受けてくださいますか？」

「……スラムでおこなう事業のまとめ役、か」

「はい。それを出来るのは赤い月のマスターである貴方だけだと思っています」

赤い月は様々な情報を取《と》り扱《あつか》っている。そんな連中であれば、複雑な仕事を任せることも出来る。もしくは、任せることの出来る人材を知っているという算段。

「それはつまり、嬢ちゃんの下につけ、と。そういうことか？」

「ええ、その通りですわ」

　カサンドラが頷けば、彼は僅かに目を細めた。

「そう言われて、俺が素直に従うと思っているのか？」

「思います。なぜなら、わたくしはトウモロコシの種を入手するとき、エメラルドローズ子爵に接《せっ》触《しょく》する予定ですから。彼が誰を養女にしたのか、知らない訳ではないでしょう？」

　ヴェインがぴくりと身を震わせた。

　だが、それも無理はない。リスナー情報によると、彼には妹がいる。貴族の妾《めかけ》に選ばれ、それを断ったことで呪《のろ》いをかけられ、病床《びょうしょう》に伏すことになった薄幸《はっこう》の妹が。

　ちなみに、原作の乙女ゲームでは聖女がその娘を救う。ヴェインはそのことを感謝し、聖女に味方するようになる。というのが、彼のルートで描《えが》かれるストーリー。

「嬢ちゃん、何処でそれを知った？」

「さぁ、どこだったかしら？」

「……どうやら、嬢ちゃんは情報の扱い方も知っているようだな」

　ヴェインに感心されるが、その実はリスナーから教えてもらっただけである。だが、この誤解を利用しない手はないと、カサンドラは意味深な笑みで応じた。

「貴方が協力してくれるなら、貴方の妹と聖女を引き合わせてあげますわよ？」

「それだけじゃ足りない。呪いを解くと約束しろ」

　厳しい要望だ。聖女が取り合ってくれるか分からないし、聖女に呪いを解くことが出来るかも分からないから。だがそれは、未来を知らなければの話である。

「いいわ。わたくしが責任を持って、貴方の妹を救ってあげる」

「嘘だったら殺す」

「交渉成立ね」

ヴェインの殺気に晒《さら》されながらも、カサンドラは悠然《ゆうぜん》と微笑んだ。

『カサンドラお嬢様かっけー』

『闇ギルドと関わると聞いたときから分かってたけど、やっぱり聖女とがっつり関わることになりそうだな。カサンドラお嬢様、大丈夫か？』

『破滅を回避するのに、破滅の原因に自分から近付くとか男前すぎるだろｗ』

『この調子だと、王子とも関わりそうな勢いだな（笑』

『それなｗ　どうなるか気になる！』

『チャンネル登録してきた！』

『俺も！』

コメントが盛り上がる。

その横のメッセージ欄に新たな通知が表示された。
・チャンネル登録者数が５００，０００を超《こ》えました。
・配信スキルのレベルが４になりました。
・コラボ機能が実装されました。

6

スラム街を仕切る闇ギルド、赤い月の協力を得ることが出来た。

彼らは義賊であり、取り扱うのは主に情報。弱者であるスラム街の住人からの信頼を得ている彼らを味方に付けたことで、スラム街の改革は大きな軋轢《あつれき》を生まずに始められた。

もちろん、小さな問題はある。

だが、それはカサンドラの仕事ではない。スラムの人々を動かすのは赤い月の者達で、その赤い月の人々に指示を出すのは文官のリリスティアだからだ。

よって、カサンドラは彼らを信じて次の行動を開始。まずはヴェインの妹を救うため、そしてトウモロコシの種を入手するため、エメラルドローズ子爵に接触を試みる。

本来であれば、侯爵家の娘が子爵に会うことは難しくない。

だが、いまの子爵は聖女の養父だ。同じようにして聖女との接触を試みる貴族は多くいるだろう。その中の一人に成り果ててしまうと、お断りされてしまう可能性が高い。

そこでカサンドラが目を付けたのはリスナーから得た、ローレンス王太子が定期的に開催《かいさい》しているパーティーで、聖女のお披露目《ひろめ》がサプライズでおこなわれるという情報。

その機会を使って、エメラルドローズ子爵との接触を試みる計画を立てた。

という訳で、王都で開催されるローレンス王太子のパーティーへの出席を決める。レスターの許可を得たカサンドラが向かったさきは、エクリプスの領都にある儀式場《ぎしきじょう》だ。

その厳かな建物の最奥《さいおう》に、巨大《きょだい》な魔法陣《まほうじん》が描かれている。それは偉大《いだい》な魔術師が生み出した転移陣、転移の術を発動するための施設《しせつ》である。

相応のコストが掛かるが、一瞬で遠くの地へ転移することが出来る。

カサンドラの一行がその魔法陣の上に立てば、魔術師達が儀式を開始した。そしてほどなく、カサンドラの一行は王都にある儀式場へと転移する。

「……これが、転移の術ですか。思ったよりもあっけないのですわね」

ぽつりと呟いたのは、筆頭侍女のエリスである。それを聞き、意外そうな顔をしたのはウォルターだった。

「エリスは転移を使うのは初めてなのか？」

「ええ。起動に高価な魔石と魔術師達の協力が要りますもの。私ごときではおいそれと使うことは出来ませんわ」

「なるほど、たしかにコストは馬鹿にならないからな」

「その様子だと、ウォルターさんは使ったことがあるのですか？」

「騎士は魔物の討伐《とうばつ》も仕事だからな。地方の救援《きゅうえん》に駆《か》けつけるときに使うことがある」

二人のやりとりを横目に、カサンドラは配信のウィンドウに目を向けていた。

先日配信スキルのレベルが上がり、コラボ機能なるものが実装された。その項目は、いまもウィンドウの片隅《かたすみ》に表示されているが、肝心《かんじん》の効果がいまだに分かっていない。

カサンドラはおもむろに、そのコラボ機能をタップしてアクティブにした。

だが――

（やはりなにも起きませんわね）

コラボがなんなのかは、リスナーから教えてもらっている。

だが、この世界の商品を宣伝したところで、異世界のリスナーには購入手段がない。それに、この世界にカサンドラ以外の配信者がいるとは思えない。

という訳で、コラボ機能は死蔵したままである。

『結局、そのコラボってなんだったんだ？』

『謎《なぞ》のまましいよ』

『そのコラボ機能、気になりますよね。カサンドラお嬢様とコラボできないか試したいから、その機能をオンにしたままにしておいてくれませんか？』

『そうか、凸待《とつま》ち企画《きかく》に使える可能性があるのか！』

『って、〝かなこな〟所属のルミエお姉様じゃねぇか』

『マジだｗ　ついにＶＴｕｂｅｒに視聴されるようになったかｗ』

『カサンドラお嬢様とルミエお姉様のコラボと聞いて』

どうやら、リスナーの中に異世界のＶＴｕｂｅｒがいたらしい。それをリスナーから教えられたカサンドラは、要望に従ってコラボ機能をアクティブにしたままにする。

そうして顔を上げると、ちょうどエリスがやってくるところだった。

「カサンドラお嬢様、馬車の用意が調《ととの》いました」

「そう。ならば王城に参りましょう」

侯爵家の馬車に乗り込み、王太子主催のパーティーが催《もよお》される会場へと向かう。

開催場所は王城――ではなく、王都の中心にあるパーティーのためだけに作られた、煌《きら》びやかな会場だ。カサンドラの一行はその会場のロータリーまで馬車で乗り入れた。

身元の確認はおこなわれるが、カサンドラの一行は顔パスだ。会場の入り口を開けば、煌びやかな光が目に入った。魔導具《まどうぐ》の灯《あか》りに照らされたシャンデリアだ。

その幻想的《げんそうてき》な光に照らされたフロアには人々がひしめいている。とはいえ、社交シーズンではないいま、参加者は王都に滞在《たいざい》する貴族が大半だ。領地に転移陣を所有している大貴族はともかく、そうでない貴族達は移動だけでも相当な時間が掛かるためである。

「これなら接触する機会はありそうですわね」

聖女の養父として、エメラルドローズ子爵は注目を浴びているには間違いないが、高位貴族の参加者が少なければ、カサンドラがエメラルドローズ子爵に接触する機会はある。

子爵を捜すべく、カサンドラが会場へと足を踏み入れる。エクリプス侯爵家のご令嬢の登場に、参列客の視線が集まった。

――否。その言葉は正確ではない。

視線が集まったのは、カサンドラが他の令嬢達よりひときわ輝《かがや》いていたからだ。

『なぁなぁ、みんなカサンドラお嬢様のことを見てないか？』

『カサンドラお嬢様が美少女だから？』

『それもあるとは思うけど……なあ？』

『一人だけ服のデザインどころか、素材の質まで違うからなw』

カサンドラが身に着けるのは、スパチャで買ったドレスだ。古き時代の——つまりは、カサンドラが生きている時代のドレスを元に、近代の技術で生み出した最高級の一品。

デザインはより洗練され、生地《きじ》も最高級の物が使われている。

それを身に着けるカサンドラはこのパーティー会場の誰よりも輝いていた。元々の素材のよさも相まって、いまのカサンドラはヒロインのようだ。

そんな彼女が悠然と会場を歩く。

その行く先に青年の姿が目に入った。サラサラのプラチナブロンドに、優《やさ》しげなブルーの瞳。甘《あま》いマスクの彼は、ローレンス・ノヴァリス王太子殿下《おうたいしでんか》。ローレンス王太子である。

「あれは、ローレンス王太子殿下。はぁ……やっぱり格好いいですわね～」

思わず見惚れたカサンドラの本音が零れ落ちる。

『出会って三秒で落ちたw』

『カサンドラお嬢様ちょろい？』

『破滅しちゃうよ？』

『気をしっかりっ！　王子がイケメンなのは分かるけどw』

『カサンドラお嬢様が……寝取《ねと》られる？』

『ユニコーン勢がアップを始めそうだな（笑）』

それを見たカサンドラはハッと我に返った。

（そうでした。彼に惚れたら火傷《やけど》ですみません。というか、彼は浮気《うわき》をするんですわよ？　そんな相手に見惚れてどうするんですの、しっかりなさい！）

自分を叱咤《しった》して、冷静さを取り戻す。

幸いにして、カサンドラが彼に挨拶《あいさつ》をする必要はない。こういった状況で声を掛けていいのは、知り合いか自分より目下の相手に対してだけ、というマナーが存在するからだ。

コネを得たい下級貴族が、上級貴族に群がるのを防ぐためのマナーだが、いまはそのマナーを利用させてもらおうと、カサンドラはその場からの退散を試みる。

だがそれより一瞬早く、ローレンス王太子が歩み寄って来る。そうしてカサンドラがまずいと思ったときには手遅《ておく》れで、会場のど真ん中でローレンス王太子と向かい合っていた。

「カサンドラ、こうして会うのは俺が十歳になったときの誕生パーティー以来だな」

「ローレンス王太子殿下、覚えていてくださったのですか……？」

（まさか、八年もまえのことを覚えていてくださるなんて……っ）

頬《ほお》を赤らめる乙女の誕生である。

『カサンドラお嬢様、気をしっかり（笑）』

『俺のカサンドラちゃんが寝取られるうううううっ！』

『ガチ恋勢《こいぜい》は出荷《しゅっか》……いえ、ガチ恋勢はカサンドラお嬢様よーっ』

『そんなああああああああああああぁぁぁあぁぁぁっ』

それらのコメントが視界に入り、カサンドラは再び正気を取り戻した。そうして拳を握り締め、ぷるぷるとローレンス王太子の甘い誘惑《ゆうわく》に抵抗《ていこう》する。

(しっかりなさい、カサンドラ！　ローレンス王太子殿下は素敵だけど、浮気されるのも、破滅するのも嫌でしょう？　というか、彼は最初から聖女の彼氏だと思いなさい！)

将来別の女性と結ばれるのが確定なら、現時点でも他人の男も同然である。だから、他人の男に惹《ひ》かれるなどあってはなりませんわ！　と自分に言い聞かせる。

「カサンドラ、どうかしたのか？」

「失礼いたしました。ご無沙汰《ぶさた》しております、ローレンス王太子殿下。しばらく見ないうちに、一段と格好よくなられましたわね」

本音で褒めつつも、こうやってお世辞を言えるくらい気にしてませんわよアピールをする。だが、カサンドラにとってそれは悪手だった。

「そうか？　そういうカサンドラも綺麗になったな」

完璧《かんぺき》なカウンターを喰らったからだ。

整った顔で優しげな笑みを浮かべて言い放つ。その一撃に胸を撃《う》ち抜《ぬ》かれたカサンドラは身悶《みもだ》えて、「す、少し失礼いたしますわ」と後ろを向いた。

そうして、ひっつかんだカメラに向かっていまの内心を吐露《とろ》する。

「あ、あの方、わたくしを破滅させにかかってますわよ!?」

悲痛な魂《たましい》の叫びをあげた。

『ワロタｗ』

『たしかに破滅させにかかってるな（笑）』

『いや、カサンドラお嬢様の自業自得《じごうじとく》では？』

『カサンドラお嬢様チョロイン説』

『私はローレンス様推しだけど、たしかにカサンドラお嬢様の立場だと困るわよねｗ』

「……カサンドラ？」

「はっ、いいえ、なんでも──」

背後から聞こえるローレンス王太子の声。

慌てて振り返ったカサンドラは、いつの間にか真後ろに立っていたローレンス王太子と間近で顔を見合わせることになって息を呑んだ。

ぽんっと、彼女の顔が赤く染まる。

「カサンドラ？」

「あ、いえ、その……あっ。そうですわ。ローレンス王太子殿下は、噂《うわさ》の聖女にはお会いになられましたか？　なんでも聖属性の魔術に特化したお方だとうかがいましたが」

今日のパーティーでお披露目されることをリスナー情報で知っている。あわよくば、ローレンス王太子に紹介《しょうかい》してもらえればと思って探りを入れた。

だけど、返ってきたのは思わぬ反応だった。

「あぁ……聖女か。聖属性の魔術に特化しているのは事実だ。実はこのパーティーでお披露目をする予定だったのだが、訳あって延期することになった」

「……まあ、そうだったのですか？」

お披露目するつもりだった――という部分に驚いた振りをしつつ、心の中では延期になった理由について考える。

彼女のお披露目はリスナーが予言したことだ。つまり、お披露目の延期は原作のストーリーになかったこと。なんらかの理由で歴史が変わった、ということだ。

（わたくしの行動が、ローレンス王太子殿下の判断になんらかの影響《えいきょう》を及《およ》ぼした可能性はあるかしら？　大きな影響を与える行動は取っていないけれど……）

カサンドラは聖女について探りを入れていた。その行動が巡《めぐ》り巡って、聖女の動向に小さな影響を与える可能性はある。

たとえば――

「平民の生まれならば、貴族の暮らしは馴染《なじ》みがないでしょうからね」

聖女は間違いなく礼儀作法に疎《うと》い。多くの者が聖女の動向をうかがっているという噂を耳にした結果、聖女のお披露目を延期した。というのはあり得る。

そう探りを入れれば、ローレンス王太子は不意に苦笑いを浮かべた。

「まあ……そうだな。だが、彼女の場合はなんというか……面白い女性だったな」

「……面白い、ですか？」

（それはリスナーの言っていた、攻略対象が異性に興味を抱いたときのセリフですわね。やはり、ローレンス王太子殿下は聖女に惹かれる運命なのですね……）

攻略対象がヒロインを面白い女と評するのは好意を抱いた証拠。リスナーからそのように教えられているカサンドラが、その結論に至るのは必然だった。

そして、カサンドラはショックを受けた。なんだかんだと言っても、カサンドラはローレンス王太子に抱いた淡い想《おも》いを忘れることが出来ていなかったから。

だから――

『面白い女性なんて評価、原作の王子はしてたっけ？』
『いや、してない。平民育ちの彼女は急に貴族社会に放り込まれてオドオドしてた。社交界の礼儀作法に疎く、周囲に溶《と》け込《こ》むのにすごく苦労するという設定だったはずだ』
『だよな？　じゃあ……なんでそんな評価になったんだ？』
『カサンドラお嬢様の行動の影響とか？』
『いや、それでヒロインの性格が変わったりしないだろ』
『じゃあ……ヒロインも転生者とか、憑依者《ひょういしゃ》とか？』
『あ～、すっごいありそう』

コメントの流れが変わったことにも気付かない。

（やはり、ローレンス王太子殿下に近付くと、わたくしは破滅する運命なのですね）

であるならば、一刻も早く彼のもとを離れるべきだ。そう判断したカサンドラは、浮《うわ》ついた心を強引《ごういん》に押さえつけ、侯爵令嬢らしい笑みを浮かべて見せた。

「大変貴重なお話をありがとうございました。これ以上、貴重なローレンス王太子殿下のお時間を奪《うば》うわけには参りませんので、これで失礼いたしますわね」

話を切り上げ、カサンドラは早々にその場から逃げ出した。

7

カサンドラが早々に立ち去っていく。その後ろ姿を見送ったローレンスは少しだけ意外そうな顔をした。彼女に逃げられるとは思ってもいなかったからだ。

「殿下、また女性をからかっていたのですか？」

様子を見守っていたのか、呆れた顔の従者ニコラスが近付いてくる。彼は伯爵家《はくしやくけ》の令息で、幼い頃《ころ》からローレンスに仕える腹心。ローレンスを尊敬するがあまり、彼に近づく女性を値踏《ねぶ》みするきらいがある。乙女ゲームにおける小姑《こじゆうとめ》のような人物だ。

そのニコラスの言葉にローレンスは眉を寄せた。

「からかうとは人聞きが悪い。俺の事情はおまえも知っているだろう？」

ローレンスは王太子だ。

ゆくゆくはこの国の未来を背負って王になる定めであるがゆえ、いつかは王妃《おうひ》に相応しい女性を娶《めと》る必要がある。そして、王妃に相応しいかどうかの条件の上位に、ローレンスの好みは含まれていない。もっとハッキリ言ってしまえば、彼の伴侶《はんりょ》を決めるのはいまの国王だ。

けれど、ローレンスにも自分の意思はある。それゆえ、パーティーで出くわしたカサンドラに声を掛けた。婚約者《こんやくしゃ》になる可能性のある彼女の人柄《ひとがら》を確認したかったから。

――だけではない。

ローレンスとカサンドラが過去のパーティーで出会っているのは本当だ。そのときの出来事が切っ掛けで、カサンドラはローレンスに淡い想いを抱いた。

そしてローレンスもまた、カサンドラを憎《にく》からず思っているのだ。

それが声を掛けた理由。だが、ローレンスは私情に流される男ではないし、妄信して誰かを愛する男でもない。だから、原作の彼は我《わ》が儘《まま》に育ったカサンドラを見限った。

聖女が現れたから振られたのではない。

原作のカサンドラは振られるべくして振られたのだ。

――しかし、これは原作の話である。

「それで、カサンドラ嬢は王妃に相応しい女性だったのですか？」

「ニコラス、一言二言話した程度で、相手の能力を推し量れると思っているのか？」

真顔で答えるローレンスに対し、ニコラスは呆れた顔をする。だが、ニコラスはふと気付いたように口を開く。

「ローレンス王太子殿下が判断を保留するとは珍《めずら》しいですね。いつもなら、一言二言交わしただけで、王妃には相応しくないと切って捨てるのに」

自覚のないローレンスは首を傾げる。

「……まあ、そうだな。少なくとも、世辞を鵜呑《うの》みにするような性格ではなさそうだ」

ローレンスがカサンドラを憎からず思っているのは事実。だが、好意を抱いているような言葉を口にしたのは、カサンドラの反応を見たかったからだ。

ローレンスは攻略対象というに相応しい外見をしている。ましてや、彼はこの国の王太子だ。どんな手を使ってでも、彼の心を手に入れようとする女性は後を絶たない。

もっと踏み込んで言えば、権力のためだけに既成事実《きせいじじつ》を作ろうとする令嬢すらいる。

それゆえ、カサンドラのことを警戒していたのだ。

しかし、カサンドラは他の女性達とは違った。ローレンスから親しげな眼差しを向けられ、むしろ警戒するような素振《そぶ》りを見せたのは彼女が初めてだ。

「そのわりに、やたらと動揺はしていたがな」

ローレンスと話す彼女は百面相をしていた。

リスナーの書いたコメントを見ていたのが主な原因だが、ローレンスにそれは分からない。表情豊かな彼女を思い返して表情を綻《ほころ》ばせた。

そして、そんなローレンスをまえに、ニコラスは珍しいものを見たという顔をする。

「本気で王妃に迎《むか》えることをお考えですか？」

「どうかな？　ひとまず、彼女の動向を探っておいてくれ」

「――仰《おお》せのままに」

◆　◆　◆

王太子から逃げおおせたカサンドラは、その足で会場を彷徨《さまよ》った。

目的は聖女の義父、エメラルドローズ子爵を見つけること。残念ながら聖女のお披露目は延期になったが、エメラルドローズ子爵は出席しているという情報を得ている。

そうして会場を歩き回ったカサンドラは、ほどなくしてエメラルドローズ子爵を発見した。

「……まるで狼《おおかみ》に囲まれた羊のようですわね」

社交界において、自分より身分の高い相手には、こちらから声を掛けてはいけないというマナーがある。それは、目の前で広がるような光景を避けるためだ。

だが、聖女を養女にしたとはいえ、エメラルドローズ家の爵位が子爵であることに変わりはない。

それゆえに、聖女と関わりを持ちたい上位の貴族が群がっているのだ。

（群がっているのは伯爵以下の家柄《いえがら》のみ……侯爵以上の家柄はいませんわね）

それならば問題ない――と、カサンドラはエメラルドローズ子爵の元へと歩み寄った。

「エメラルドローズ子爵、ご無沙汰しております」

「これは……カサンドラお嬢様ですか。しばらく見ないうちに大きくなられましたな」

テレンス・エメラルドローズ。

子爵家の当主である彼は今年で四十五歳だ。奥《おく》さんとの関係は良好であるが、子宝に恵《めぐ》まれず、聖女のセシリアを養女にしたという経緯《けいい》がある。

ちなみに、一般的《いっぱんてき》には聖女を養女にしたことになっているが、原作ストーリー的には、養女にしようとしたセシリアが、実は聖女だった――という時系列だそうだ。

子供にも優しい、お人好《ひとよ》しの貴族、という感じである。

「エメラルドローズ子爵、実は貴方に少し相談があるのです」

「相談、ですか……」

彼は周囲を囲んでいる貴族達に視線を走らせた。カサンドラは周囲へと視線を向け「みなさま、申し訳ありませんが席を外していただけますか？」と声を掛ける。

侯爵家の娘にそう言われた彼らは、しぶしぶといった感じで席を外していった。

「お話中に申し訳ありませんでした」

「いえ、正直に申し上げると助かりました。彼らはエメラルドローズ子爵ではなく、聖女の養父である私との縁《えん》を望んでいましたから。……それで、私にどういったご用でしょう？」

助かったと言いつつも、貴女も聖女目当てではないかと牽制《けんせい》を入れてくる。そうやって警戒するほどに、周囲が聖女との縁を強引に求めてきたのだろう。

だからこそ、カサンドラは単刀直入に切り出した。

「実はとある少女が呪いを受けて苦しんでいます。対価をお支払《しはら》いするので、噂の聖女様にその娘を救っていただきたいのです」

「……それはつまり、エクリプス侯爵家に娘を派遣《はけん》しろ、ということでしょうか？」

彼の探るような視線がカサンドラを捉《とら》えた。聖女をエクリプス侯爵領に招き、理由を付けてずっと領地に留めおく。そういう可能性を警戒しているのだろう。

「いいえ、許可をいただけるのであれば、そちらのお屋敷《やしき》に当人を向かわせます」

「では、その呪いを解くだけでいい、と？」

「セシリア様にお願いするのはそれだけですわ」

エメラルドローズ子爵が静かにカサンドラを見つめた。本当にそれだけなのかと、疑っているのだろう。そのタイミングを見計らい、カサンドラは本題を口にした。

「実は、それとは別にエメラルドローズ子爵にお願いがありますの」

「……私にお願い、ですか。うかがいましょう」

「単刀直入に申しますわ。実は、トウモロコシの種を売っていただきたいのです」

「なるほど、トウモロコシの種を……トウモロコシの種？」

エメラルドローズ子爵がパチクリと瞬いた。

『ワロタｗ』

『これは絶対、聖女の身柄を要求されると思ってたやつ（笑）』

『ってか、なんでトウモロコシの種を買い付けるのに、そんな大げさなんだよｗ　そりゃ、そんなこと言われると思わないし、警戒する方が普通だってｗ』

『だが、上手いやり方だ。もしお願いの順序を逆にしていたら、聖女と関わりを持つことこそが、カサンドラお嬢様の本題だと思われたはずだ』

『かもしれないけどさ。カサンドラお嬢様みたいな美少女から真顔でトウモロコシの種を売って欲しいとか言われたら、絶対困惑するって（笑）』

好き勝手に言われているが、カサンドラは「トウモロコシの種ですわ」と繰《く》り返《かえ》した。

「……その、トウモロコシの種を買い付ける理由はなんでしょう？」

「もちろん、エクリプス侯爵領でトウモロコシを栽培しようと思っているからですわ」

その言葉に、エメラルドローズ子爵がぴくりと反応した。

互いの領地は物流的に近い位置関係にある。エクリプス侯爵領で大規模なトウモロコシの栽培をおこなえば、エメラルドローズ子爵領の産業に影響が出ると思ったのだろう。

「まずエメラルドローズ子爵に申し上げたいのは、そうして栽培したトウモロコシを他領に卸《おろ》す予定はない、ということですわね」

「エクリプス侯爵領だけで消費するということでしょうか？」

「ええ、その予定です。そもそも当面は食料として消費するつもりもございませんわ」

「それは……どういう？」

困惑する子爵に対し、カサンドラは周囲を見回し、静かに首を横に振った。

「申し訳ありませんが、人の耳があるここでは話せませんわ。もしよろしければ、日をあらためて、エメラルドローズ子爵の屋敷を訪ねてもよろしいでしょうか？」

困惑しながらも、エメラルドローズ子爵は頷いた。

いよいよ、カサンドラと聖女のご対面である。

8

約束の日、カサンドラは王都にあるエメラルドローズ子爵家の別宅を訪ねた。

配信スキルのショップで購入したドレスを身に纏ったカサンドラは馬車から降り立ち、さり気ない素振りで周囲を見回す。エクリプス侯爵家の別宅に比べればずいぶんと小さいが、手入れの行き届いた温かみのある屋敷だ。

その別宅が纏う空気感から、エメラルドローズ子爵の温厚《おんこう》な性格が伝わってくる。

「……権謀術数《けんぼうじゅつすう》にまみれた社交界は、彼には生きにくい場所なのでしょうね」

社交界は化かし合いが常だ。騙《だま》す方が悪いことに変わりはないけれど、騙される方も悪いと認識される世界。嘘がつけなそうなエメラルドローズ子爵は貴族に向いていない。

『原作でもそういう立ち位置だったな。基本お人好しで、だから色々と苦労してた。もっとも、善意で養女にした女性が聖女だったことで、最後には報《むく》われるって流れだけどな』

「報われるのなら幸せですね」

しみじみと呟くと、ほどなくしてコメントがついた。

『そうだな、カサンドラお嬢様は破滅するもんな』

「ぶっとばしますわよ？」

『お願いします！』

処置なしと溜め息を吐き、カサンドラは案内を名乗り出た使用人の後を追った。そうして案内されたのは応接間。おそらく、この屋敷の最高グレードの応接間だ。

その部屋でエメラルドローズ子爵が立ち上がって出迎《でむか》えてくれる。

「カサンドラお嬢様、よくおいでくださいました」

「突然《とつぜん》の申し出にもかかわらず、快く迎えてくださったことに感謝いたしますわ」

ローテーブルを挟んで向かい合い、ソファに腰掛ける。メイドがテーブルの上にお茶菓子《ちゃがし》を並べるのを横目に、エメラルドローズ子爵を盗《ぬす》み見《み》た。

彼の表情は決して明るくない。

少なくとも、好ましい商談を持ち込まれた者のする顔ではない。

(やはり警戒させてしまっているようですわね)

自らを破滅に追いやる要因の一つであるエメラルドローズ子爵。彼と関わることを決意したのは、味方に付けることで破滅を避けようとする意図もある。

誤解を招いた状況を維持するのは望ましくない。

「先日も申しましたが、わたくしはエメラルドローズ子爵が栽培なさっているトウモロコシの種を譲《ゆず》っていただきたいのです」

「それだけなら、市場で買い付けることも出来るのではありませんか?」

なのになぜ? と、彼は探るような視線を向けてくる。

「理由はいくつかありますが、まずはエメラルドローズ子爵と軋轢を生まないためです」

「そういえば、他領に売るつもりはなく、食料にするつもりもないとおっしゃっていましたな。一体、トウモロコシをどうなさるのですか？」

「これはわたくしが事業を開始するまでは秘密にしておいて欲しいのですが……」

カサンドラはそう言って、侍女を通して事業計画書を差し出した。

「トウモロコシを餌に鶏《にわとり》を育てる、ですか？」

この国にも畜産業はあるが、それは自然に放牧して育てるのが一般的だ。土地があまっている世界なので、広大な土地を使用することが問題になることは少ない。

わざわざ作った餌を与える方が異例である。

「驚かれるのも無理はありません。ですが、様々なメリットがございますのよ？　詳しくはその計画書に纏めているので、よろしければご覧くださいませ」

トウモロコシは栄養価が高く、鶏の成長が早くなる。それに飼育に必要な敷地《しきち》が狭《せま》いので、周囲に壁を作り、魔物などによる獣害《じゅうがい》を抑《おさ》えることも容易となる。

その事業計画書に目を通していたエメラルドローズ子爵はうなり声を上げた。

「これは……本当にこのようなことが可能なのですか？」

『驚いてる、驚いてる』

『日本の近代産業を参考にしてるからな』

『グラフとかも画期的だからなぁ』

『まさに知識チートって奴《やつ》よね』

リスナー達が自慢《じまん》げに語っているが、カサンドラは彼らほど楽観視はしていない。

「現時点で完璧――とは言えません。実際に始めればいくつかの問題が発生する可能性もあると思っております。ですが、それでも、必ず成功させて見せますわ」

リスナーが付いているから――とは声に出さずに呟いた。

『いま、カサンドラお嬢様がなんか呟いた』

『口が動いてたな』

『デレた可能性があるなｗ』

『読唇術《どくしんじゅつ》を使える解析班《かいせきはん》はどこだ⁉』

カサンドラは無言でカメラをひっつかみ、黙《だま》りなさいと笑顔で睨みつけた。それはそれでコメントが盛り上がるが、カサンドラはぽいっとカメラを投げ捨てる。

そのまま何事もなかったかのように、エメラルドローズ子爵へと視線を戻した。

「という訳で、トウモロコシの種を売っていただけませんかしら？」

「目的は分かりましたが、なおさら意図が分かりません。なぜ私にこのような話を持ちかけるのですか？　トウモロコシの種なら市場で買うことが出来ると思うのですが……？」

なにか他に思惑があるのではと疑っているのだろう。彼を相手に、迂遠《うえん》なやりとりは誤解を生む可能性がある。そう判断したカサンドラは正直に思惑を明かすことにした。

「農民が種子の選別をおこなっていることはご存じでしょう？」

「ええ。種子を選別することで、収穫量が増えるといった話は聞きますな。あくまで農民達の経験に基《もと》づく行為で、根拠はないとされておりますが……まさか」

その根拠を得たのかという視線に対し、カサンドラは静かに微笑んだ。

「わたくしが求めるのは市場に出回っているトウモロコシから得られる種ではありません。エメラルドローズ子爵領の農民が選別したトウモロコシの種なのです」

「……なるほど。ですが、それを聞いて、私が売るとお思いですか？」

自らの成果を奪われることになるのが分かっているのに、と。彼がそんな反応を示すのは、カサンドラにとっては織《お》り込《こ》み済みだった。

「わたくしが求めるのはトウモロコシの種、それに種子を選別する人材の貸し出しです」

「貸し出し、ですか？」

「エクリプス侯爵領の農民を鍛《きた》えて欲しいのです。その対価に、派遣してくださった人材には、こちらの技術をお教えしましょう」

技術を提供してくれるのなら、こちらも畜産業のノウハウを提供するという意味。だが、エメラルドローズ子爵領の技術は既存《きぞん》のもので、エクリプス侯爵領の技術は未知のものだ。

その破格の条件に気付いたエメラルドローズ子爵が目を見張った。

「それは、大変ありがたい申し出ですが……一体、対価になにをお求めでしょう？」

トウモロコシの種だけでは足りないと思ったのだろう。実際、彼は知り得ないことだが、カサンドラの計画している事業は、数世紀未来の技術を多く使っている。

その価値は比べるまでもない。

だが、カサンドラは穏《おだ》やかに首を横に振った。

(敵対することでわたくしを破滅に追いやる存在。ここで求めるのは利益ではなく、彼の信頼ですわ。お人好しな彼に合わせて、こちらも善意で応じるべきでしょう)

「こちらがお願いしている身ですもの。トウモロコシの種の件に応じていただけるのなら、それ以上に望むことはありませんわ」

内心は打算だらけだが、表面上は慈悲深《じひぶか》く見える。カサンドラの言葉に感銘《かんめい》を受けたエメラルドローズ子爵は、それならば——と口を開いた。

「どうでしょう?　先日おっしゃっていた解呪《かいじゅ》、それを無償《むしょう》で引き受けるというのは」

「……あら、よろしいのですか?」

「もちろんです」

気軽に言っているが、エメラルドローズ子爵にとって、聖女の力は切り札のようなものだ。その力を必要とする相手には、いくらでもふっかけることが出来る。

だからこそ、彼の反応は意外で——

(善意には善意で応える。そういう関係もあるのですね……)

両親を早くに失い、侯爵家の娘として厳しく育てられたカサンドラの知識や思想には偏《かたよ》りがあった。だが、エメラルドローズ子爵と関わったことで、その考え方に変化が訪れる。

「では、お言葉に甘えさせていただきます」

「ええ、もちろんです」

いい取り引きが出来ましたと、エメラルドローズ子爵が笑顔を見せた。

こうして、トウモロコシの種の買い付けと、それにまつわる取り引きは恙無《つつがな》く纏められた。その上で、呪われた娘の症状《しょうじょう》を、聖女のセシリアに聞かせるという話の流れになった。

セシリアを呼ぶようにと、子爵が使用人に命じる。

(いよいよ、聖女様とご対面、ですわね)

カサンドラが破滅する大きな要因であり、原作ゲームのヒロイン。

聖女と呼ばれる善人だが、カサンドラにとっては天敵も同然だ。出来れば関わり合いになりたくないところだが、それはそれで破滅の原因になりかねない。

(仲良くなるのが一番、ですわよね。大丈夫。ローレンス王太子殿下のことが絡《から》まなければ、彼女と敵対する理由はないはずですもの)

だから大丈夫と自分に言い聞かせる。コメントでもドキドキするといった意見が散見する中、カサンドラは聖女の登場を待った。

そしてほどなく、美しい少女が応接間に現れた。

セシリア・エメラルドローズ。

カサンドラの一つ下、十四歳の女の子。

吸い込まれそうな水色の瞳。腰まで伸ばされたモーヴシルバーの髪はサラサラで、肌《はだ》は透《す》けるように白い。その容姿は、とても最近まで庶民《しょみん》として暮らしていたとは思えない。

(癒《い》やしの力が関係しているのかしら？)

そんなことを考えていると、エメラルドローズ子爵が彼女の紹介をしてくれる。続けて、セシリアにカサンドラの紹介をする。

けれど――

「え？　……え？　嘘、どうして……？」

カサンドラを目にした彼女は、あり得ないとばかりに目を見開いた。

『おっと、この反応は……？』

『やっぱり、転生者かなんかっぽいなぁ（笑』

9

カサンドラを目にした聖女セシリアの様子がおかしい。その理由を考察したリスナーが盛り上がっている。セシリアが転生者、もしくは憑依者ではないのか、と。

（たしかに、様子がおかしいのは気になりますわね）

道端《みちばた》で侯爵令嬢と出くわしたのならともかく、貴族の娘が貴族の家を訪ねることに驚くような要素はない。にもかかわらず、セシリアは信じられないとばかりに目を見開いている。

（会ったことのないはずのわたくしを知っている。あるいは、わたくしがここにくることがあり得ないことだと思っている可能性は……ありますわね）

つまりは転生者か憑依者、かもしれないということ。

「セシリア、どうかしたのか？」

さすがに不審《ふしん》に思ったのか、エメラルドローズ子爵がいぶかしむような顔をする。

「え、あ、えっと……それはなんですか？」

「セシリアっ！　彼女はエクリプス侯爵家のご令嬢だ！　言うに事欠いてそれなど、どれだけ失礼なことか分かっているのか？　彼女に謝罪しなさい！」

「い、いえ、そうじゃなくて、それと言ったのは……いえ、失礼いたしました」

セシリアの態度が一変し物静かな女性のそれになると、神妙《しんみょう》な顔で頭を下げた。さきほどまでの態度を知らなければ、その雰囲気に騙されていただろう。

『やっぱり、なにか知ってそうだな』

『このしゃべり方、なんか覚えがないか？』

『うおおおお、いまっ、聖女様と目が合った！　可愛いっ！』

『はあ？　セシリアちゃんは俺の方を見たんですけどー？』

『いやいや、見たのは俺だから』

コメントが盛り上がっている。

それらのコメントを目にしたカサンドラは違和感《いわかん》を覚える。まるで掛け違っているボタンを目にしているのに、そのことに気付けないでいるような歯がゆい気持ち。

（セシリア様の言う〝それ〟って……）

なにか重要なことに気付きかけるが、そのときエメラルドローズ子爵が頭を下げた。

「カサンドラお嬢様、大変申し訳ございません。ご存じの通り、セシリアは平民の出自なれば、まだ至らぬ点も多々あり、何卒《なにとぞ》ご容赦《ようしゃ》を願います」

「ええ、気にしておりませんわ」

同じ貴族といっても、爵位が違えば教育のレベルも違う。ましてや、相手は最近まで平民として暮らしていた普通の女の子。礼儀《れいぎ》でうるさく言うのは酷《こく》だろう。

だからよけいなことは考えず、さきに用件を終えることにした。

「セシリア様には呪われた娘の解呪をお願いしたいのです」

「そのことはお義父様《とうさま》からうかがっています。それについて、いくつかカサンドラお嬢様にお尋《たず》ねしてもよろしいでしょうか？」

「ええ、もちろん。わたくしに答えられることとならなんなりと」

「では、その呪いを受けた患者《かんじゃ》さんのことを聞かせていただけますか？」

「そうですわね。まず、呪いを受けたのはセレナという娘です」

本来なら、患者の素性《すじょう》を事細かに伝える必要はない。

だが、貴族に妾にされそうになり、断ったことで呪いをかけられた可哀想な娘――というバックストーリーを話しながら、セシリアの表情をうかがった。

原作ストーリーでは、聖女であるセシリアがセレナを救う。そのストーリーを知っているのなら、いまの話になにかしらの反応を示すと思ったからだ。

だが、カサンドラの予想に反し、彼女はそれらしい反応を見せなかった。

（表情を取り繕《と》《つくろ》うのに長《た》けているのかしら？　そのわりに、部屋に入ってきたときは、これでもかというくらい驚いた顔をしていたけど……）

彼女が原作を知る転生者のような存在かどうか、現時点で判断するのは早計だろう。そう思ったため、セレナが受けている呪いの症状について説明を続けた。

「……なるほど。話を聞く限り、それは呪いで間違いなさそうですね」

「――セシリア！」

エメラルドローズ子爵が再びセシリアをたしなめた。

いまのセリフは、カサンドラが呪いと断定した症状を、子爵家の娘でしかないセシリアが疑っていたという証明に他ならないからだ。

だが、たしなめられたセシリアは意味が分からないと言いたげな顔をする。そんな彼女のために、カサンドラが助け船を出す。

「エメラルドローズ子爵、いまのわたくしはセシリア様に助けを請《こ》うている立場です。彼女の言葉に対して、なんら思うことはございませんわ」

「寛大《かんだい》なお言葉に感謝いたします」

エメラルドローズ子爵が再び頭を下げる。そのやり取りを聞いていたセシリアがぽんと胸のまえで両手を合わせた。

「あぁ、私がカサンドラ様の言葉を疑ったことがダメだったんですね。患者を受け持つなら、症状の確認は重要だと思うんですが……貴族って大変ですね」

「セシリア、頼むからよけいなことは口にしないでくれ……」

エメラルドローズ子爵がこめかみを押さえる。貴族としてのカサンドラはエメラルドローズ子爵に同情するが、同時にセシリアの意見も正論だと考える。

「わたくしは気にしませんわ。セシリア様のおっしゃるとおり、わたくしが間違っている可能性だってありますもの。人助けをする以上、確認するのは重要なことですわ」

カサンドラがそう答えると、セシリアがマジマジと顔を覗《のぞ》き込《こ》んできた。

「……セシリア様？」

「カサンドラ様は素敵な人ですね！　私、貴女のことが気に入りました！」

「セシリアぁあぁぁあぁぁ……」

エメラルドローズ子爵がついに頭を抱えた。それを横目に、カサンドラはカメラを摑んで俯《うつむ》き、エメラルドローズ子爵達からは見えないように囁《ささや》きかける。

「ねぇ、リスナーの皆さん。彼女は元からこのような性格なのですか？」

子爵令嬢としてはあり得ないけれど、元平民の娘としてならあり得るかもしれない。そう思って確認するが、ウィンドウはそれを否定するコメントで埋《う》まった。

『**いや、ぜんぜん違う**』

『**たしか養女になってすぐのころは、自分に自信がなくてオドオドしてたはず**』

「そう、なんですわね」

（なら、この反応は転生者だから、なのでしょうか？）

カメラを離して物思いに耽《ふけ》る。

『ああああっ、またセシリアたそと目が合った。これは……両想い⁉』

『ガチ恋勢は出荷よー』

『ソンナーッ』

流れるコメントを目にし、再び抱く違和感。

その理由を考えていると、不意にセシリアが声を上げた。

「あのっ！　私、カサンドラ様のお屋敷に遊びに行きたいです！」

「な⁉　いきなりなにを言い出すんだ、おまえは！」

エメラルドローズ子爵が動揺し、ウィンドウにも驚くコメントであふれかえる。貴族的に考えても、原作ストーリー的に考えても、セシリアの申し出は意外すぎる内容だった。

「えぇっと……間違えました」

彼女は咳払《せきばら》いを一つ、聖女らしい雰囲気を醸《かも》し出《だ》す。

「その呪われた子はいまも苦しんでるのでしょう？　ならば、何日もかかる馬車の旅をさせるのは酷ではありませんか。ですから、私が向かいますわ」

そのシーンだけを切り取れば、なるほどたしかに彼女は聖女だった。

だけどそれは、そのまえのセリフがなければの話である。遊びに行きたいというセリフを聞いたあとでは、とってつけたような言い訳にしか聞こえない。

「……セシリア」

エメラルドローズ子爵が義理の娘に哀《あわ》れみの視線を向けた。

「ち、違うよ。その子が心配なのも本当だから！」

「そうか……」

エメラルドローズ子爵は沈黙し、カサンドラもまた情けで沈黙した。

けれど――

『その子が心配なのも本当w』

『遊びに行きたいのが本命って認めたな（笑）』

リスナーのツッコミは容赦がない。

セシリアも自分のミスに気付いたのか、恥じるように両手を振った。

「と、とにかく、その子が心配なのは本当ですから！」

その言葉に嘘は感じられない。

けれど――

「セシリア様、患者の搬送《はんそう》は転移陣を使うので、旅をさせる必要はないんです」

「転移陣……ですか？」

小首をかしげるセシリアをまえに、カサンドラは困惑した。

（まさか転移陣を知らない？　そんなこと……あり得ますかしら？）

たしかに転移陣を使用できるのは貴族や大富豪《だいふごう》くらいのものだ。だけど、存在だけなら平民だって普通は知っている。ましてや、原作の乙女ゲームにはがっつり登場する設定だ。

なのに、セシリアは転移陣を知らない様子。どういうことなのだろうと困惑しながらも、カサンドラは彼女に転移陣について説明する。

「え～、魔法陣で遠くに瞬間移動できるんだ。さすが異世界だね！」

「……異世界？」

セシリアの言葉にカサンドラは首を傾げた。

『これはｗｗｗ』

『転生者か憑依者で確定か。たまげたなぁ……』

10

カサンドラは最初、ここが異世界と言われてもピンとこなかった。カサンドラにとっては、リスナーの生きる世界こそが異世界だったから。

だが、コメントを通してリスナーと触れ合ううちに、彼らから見ればこちらが異世界なのだと理解するようになった。つまり、ここを異世界と呼ぶ聖女のセシリアは、リスナーと同じ視点でこの世界を見ている、ということだ。

（そうなると話は変わってきますわね）

セシリアはカサンドラに破滅をもたらす存在だ。だが、その彼女の中身が入れ替わっている。であるならば、いまの彼女は破滅をもたらす存在とは言《い》い難《がた》い。

もちろん、絶対に破滅の要因にならないという保証はないが、それを言い出せば、この世界の住人すべてがカサンドラの破滅の要因にならないという保証はない。

（セシリア様の思惑は分かりませんが……いまのところ敵意は感じませんわね。ならば予定通り、彼女とは仲良くする方向で動きましょう）

そうなれば話は早いと決断を下す。

「たしかに転移の魔法陣で患者を連れてくることは可能です。ただ、セシリア様がエクリプス侯爵家に興味を示してくださるのなら、訪問を断る理由はございませんわ」

「本当ですか⁉」

セシリアが目を輝かせる。彼女は可憐《かれん》な見た目で年も一つ下だ。敵意があるなら問題だが、こんなふうに懐《なつ》いてくれるなら悪い気はしないと表情を綻ばせる。

だが、その流れに焦《あせ》ったのはエメラルドローズ子爵だ。

「ま、待ちなさい、セシリア。おまえはまだ、貴族令嬢としてのマナーを身に付けていない。そのような状況で他領に顔を出すなど、なにかあったらどうするつもりだ！」

「えー？　カサンドラ様のところなら大丈夫……だよね？」

他でなら完全にアウトな態度で問い掛けてくる。彼女はすっかり聖女としての化けの皮を脱ぎ捨てている。これにはカサンドラも苦笑するしかない。

「エメラルドローズ子爵の心中、お察しいたしますわ」

「えぇ～？　カサンドラ様は私の味方をしてくれないの？」

「わたくしは、セシリア様を好ましく思っていますわよ？　ですが、エメラルドローズ子爵がどう思うかは別ですもの。わたくしが、貴女を軟禁《なんきん》するかもしれませんし」

「な、軟禁⁉」

その可能性を考えていなかったのだろう。セシリアはびくりと身を震わせた。

「セシリア様は聖女に認定されましたでしょ？　なにかと理由を付けて、自分のものにしようとする貴族は少なくないと思いますわ」

「……そうなんだ？　でも、カサンドラ様はそんなこと考えてないでしょ？」

「もちろん、わたくしは考えていませんわ。でも、考えている人が、考えていると言うはずはないでしょう？　警戒はしなければいけませんわ」

「ん～、そうだね。でも、カサンドラ様になら軟禁されるのも悪くないかも」

「……貴女は、なにを……」

カサンドラは心から戸惑《とまど》った。

にへらっと笑うセシリアは小悪魔のようだ。

『これはてぇてぇ』

『キマシタワーっ！』

『ってか、カサンドラお嬢様が悪役令嬢って知ってるはずだよな？　なのに、なんでこんなに懐いてるんだろ？』

『実は悪役令嬢だって知らないとか？』

『それだと初見で驚いたのはなんだったんだって話になるだろ？』

『それより、エメラルドローズ子爵が胃を押さえて死にそうになっている件について』

『胃薬をあげなきゃ（使命感）』

コメントを読んだカサンドラが視線を向ければ、エメラルドローズ子爵はすごく苦しそうな顔をしていた。彼の立場を思って同情するが、カサンドラはひとまず自分の目的を優先した。

「エメラルドローズ子爵、いかがでしょう？　心配はごもっともだと思いますが、わたくしが彼女の言動を咎めることはありません。訪問をお許しいただけないでしょうか？　心配なら、後日お返しすると書面に記してもかまいません」

問い掛ければ、彼は長い沈黙を経て「そうですな……」と呟いた。

「では、お許しいただけるのですか？」

「これまでの無礼を許してくださったカサンドラお嬢様の寛容《かんよう》さは疑いようがありません。しかし、いまの状態のセシリアを他領に向かわせるというのは……」

（たしかに不安でしょうね。わたくしでも同じ気持ちになりますわ）

彼女を見る限り、お披露目を延期したのも納得だ。

カサンドラが咎めずとも、他の者がどう判断するか分からない。無礼を許すのを条件に、無茶な要望をエメラルドローズ子爵家に突き付けてくる者だっているはずだ。

カサンドラが悪事を働いてエクリプス侯爵家が凋落《ちょうらく》する未来があるように、セシリアの行動によってエメラルドローズ子爵家が凋落する未来だってあり得るだろう。

養父として、エメラルドローズ子爵が難色を示すのも当然だ。

『聖女やエメラルドローズ子爵と仲良くはした方がいいけど、押しつけはよくないぞ』

『そうだな。カサンドラお嬢様が強く言うと子爵は断れないからな』

「そう、ですわね……」

リスナーのコメントを目にしたカサンドラは思案する。

（セシリア様と仲良くするメリットはありますが、エメラルドローズ子爵の反対を押し切るほどの理由もありませんわね。ここは大人しく引き下がるべきでしょうか？）

そう思ったそのとき、セシリアが詰め寄ってきた。

そうしてカサンドラの手を握り、上目遣《うわめづか》いを向けてくる。

「カサンドラ様、お願い！　お義父様を説得してください！」

（彼女はどうして、エクリプス侯爵家への訪問にこだわるのでしょう？　原作ストーリーを知っていたとしても、彼女がわたくしにこだわる理由はないはずですわよね？）

分からない。けれど、その理由はたしかめておくべきだ。直感的にそう判断したカサンドラは、エメラルドローズ子爵を説得する材料を必死にひねり出す。

「いかがでしょう？　わたくしが彼女のお友達になる、というのは」

「カサンドラ様と私がお友達に？　やったーっ！」

セシリアは無邪気《むじゃき》に喜ぶが、いまのは言葉通りの意味ではない。エクリプス侯爵家の令嬢であるカサンドラが、セシリアの後ろ盾《うしろだて》になるという意味を含んでいる。

つまり、エクリプス侯爵家でセシリアが問題を起こした場合、カサンドラが奔走《ほんそう》することになる。

セシリアの振る舞いを見た後での発言と考えれば、かなり思い切った提案だ。

だからこそ予想もしていなかったであろう、エメラルドローズ子爵は目を見張った。

「カサンドラお嬢様、それは本気でおっしゃっているのですか？　その……娘はご覧のように、少々と呼ぶにはあまりに破天荒《はてんこう》な性格をしているので、ご迷惑《めいわく》かと存じますが……」

「ええ、私の性格、そこまで酷《ひど》くないよ。ねぇ、カサンドラ様？」

「いえ、セシリア様の性格はたしかに破天荒ですわ」

「そんなーっ」

セシリアが悲鳴を上げた。

『辛辣で草』

『でも事実を突き付けるのは重要』

『ところで、そんなーがネット用語に聞こえたのは俺だけ？』

『俺も聞こえた』

『俺もｗ』

『転生者どころか、ネットの住民である可能性まであるな（笑）』

（たしかにセシリア様と話している感覚は、リスナーと話している感覚に似ていますわね。だから、でしょうか？　わたくしが彼女に親近感を抱いているのは）

リスナーが聞けば大歓喜《だいかんき》しそうなことを考えながら、カサンドラは視線を戻す。

「セシリア様はかなり破天荒な性格ですが、決して不快な気持ちにはなりません。ですから、彼女がエクリプス侯爵家に遊びに来たいというのなら、わたくしは歓迎《かんげい》いたしますわよ？」

無論、強制するつもりはないけれど——と、エメラルドローズ子爵に視線で問い掛ける。すると、彼は真顔で考え込んでしまった。

『エメラルドローズ子爵は後ろ盾に乏《とぼ》しい家柄だから、これは破格の提案だ。もっとも、彼がエクリプス侯爵家を信用できるなら、だけどな』

『カサンドラお嬢様が聖女を取り込もうとしている、というふうにも見える訳か』

そのコメントを目にしたカサンドラはたしかに——と思う。カサンドラにとっては純粋な厚意でも、相手からは下心に塗《まみ》れて見えるかもしれない。

というか、そういった思惑による、似たような提案はたくさんあったはずだ。

「考える時間が必要であれば、お返事は後日でもかまいませんわよ？」

「……いえ、そのお話、ぜひ受けたいと思います」

「ここで決めてよろしいのですか？」

その決断は、セシリアの未来を左右すると言っても過言ではない。それをそんな簡単に決めていいのかと、カサンドラの方が不安になった。

「いずれにせよ、後ろ盾は必要だと思っていました。そして後ろ盾は、相応の地位にある方であると同時に、セシリアに理解のある人間でなければ、と」

「……なるほど。わたくしの他に適任者はいなさそうですわね」

自由奔放《じゆうほんぽう》なセシリアを受け入れることの出来る高貴な身分の人間はそう多くない。

『納得の理由で草』

『原作の彼女には王太子が味方するが、いまの彼女の性格を考えると……だな（笑）』

こうして、セシリアをしばらくエクリプス侯爵家で預かることになった。

その数日後、カサンドラはエクリプス侯爵領へ転移する転移陣の使用申請を出す。一行は王都にある転移陣に集まり、帰還《きかん》の準備をしていたのだが——

「王太子殿下の命により、カサンドラ様が転移陣を使用することは許可できません」

転移陣がある儀式の間に、王国の騎士が雪崩《なだ》れ込んで来た。

エピソード3　侯爵令嬢《こうしゃくれいじょう》は大型新人に巡《めぐ》り会《あ》う

1

王都の儀式場《ぎしきじょう》にある儀式の間。そこにある転移陣《てんいじん》を使用して領都に帰ることは、エクリプス侯爵家の娘《むすめ》であるカサンドラに与《あた》えられた権利の一つである。

にもかかわらず、王国の騎士《きし》がその場に乗《の》り込《こ》んできて、転移陣の使用を認めないと宣言した。その暴挙に、カサンドラを護衛する騎士達《きしたち》がピリピリとしている。

一触即発《いっしょくそくはつ》の雰囲気《ふんいき》にカサンドラは息を呑《の》んだ。

（なぜこんなことに……？）

破滅《はめつ》の未来を知り、その未来を回避《かいひ》するための行動を重ねた。少なくとも、いまのカサンドラに断罪されるような要因はないはずである。

なのに、なぜ——と、カサンドラは破滅するかもしれない恐怖《きょうふ》に震《ふる》えた。

『**カサンドラお嬢様、しっかり！**』

『**そうよ、取《と》り敢《あ》えず理由を訊《き》きましょう！**』

コメントが目に入り、カサンドラはかろうじて我に返った。そうして深呼吸を一つ。平常心を装って、肩口《かたぐち》に零《こぼ》れ落《お》ちたホワイトブロンドの髪《かみ》を手《て》の甲《こう》で払《はら》いのける。

「静まりなさい！　……これは一体なにごとですか？」

一喝《いっかつ》することで味方を抑《おさ》え、王国の騎士に話し合いを求める。

すると、王国の騎士達の中から青年が現れた。年は十代後半くらい。ブラウンの髪に縁取《ふちど》られた整った顔に、意志の強そうな緑色の瞳《ひとみ》が収められている。

『もしかして……ニコラス様？』

『そうよ、ニコラス様よ！』

『ニコラス様きちゃあああああっ』

盛り上がるコメントを横目に、ニコラスという名前を記憶《きおく》から探し出した。そうして王太子殿下《おうたいしでんか》の従者、伯爵家《はくしゃくけ》の令息がニコラスという名前であることを思い出す。

「ローレンス王太子殿下の従者がわたくしになんのご用かしら？」

「おや、俺《おれ》のことをご存じなのですか？　これは光栄ですね」

口調は丁寧《ていねい》だが、彼《かれ》の口調や視線を観察していたカサンドラは、その言葉に隠《かく》れた敵愾心《てきがいしん》を感じ取った。なぜそんなに敵愾心を向けられているのかと困惑《こんわく》するが、その理由はすぐに理解する。切《き》っ掛《か》けは**『どうしてそんなに盛り上がってるんだ？』**というコメント。

返答は次のようなコメント。

『それは、ローレンス様とニコラス様の薄《うす》い本が大人気だからよ！』

そしてそれをきっかけに、コメントが爆速《ばくそく》で流れ始める。

『ニコラス様はローレンス王太子殿下に仕える従者なんだけど、小さいときから一緒《いっしょ》で、しかも一つ年上だから、ローレンス王太子殿下を尊敬しつつも、弟のように思っているのよね』

『そうそう。ローレンス様が好きすぎてこじらせちゃってるのよね』

『それで、ローレンス王太子殿下にこの娘は相応《ふさわ》しくない。みたいな感じで、ヒロインにも突《つ》っ掛《か》かってくるの。そこが、さいっっっっっっっこうに尊いのよ！』

『そうそう。ローレンス×ニコラスね』

『はぁっ!?　そこはニコラス×ローレンスに決まってるでしょ!?』

『分かってないわね。王子を取られたくなくて嫉妬《しっと》してるニコラスが、その気持ちを王子に知られて、ローレンス様に責められるのがいいんじゃない』

『バカ言わないで！　ヒロインに現《うつつ》を抜《ぬ》かそうとしたローレンスを、ニコラス様がお仕置きする感じのシチュがいいに決まってるでしょ！』

といった感じでコメントが流れまくっている。取り敢えず、ローレンス王太子のことを大切に思っているがゆえに、彼に近付く女性を警戒《けいかい》しているということは理解した。

だが、受けや攻めの概念《がいねん》はもちろん、BL知識が皆無《かいむ》のカサンドラには意味が分からない。

（身分的に考えて、表記は王太子殿下の方が先なのでは？）

そういう問題じゃないと、総ツッコミされそうなことを考える。そうしてコメントを見ていたカサンドラはハッと我に返った。

「それで、王太子殿下が大好きなニコラス様がわたくしになんのご用で――あっ」

コメントの勢いに引っ張られて、思わずよけいなことを口にしてしまう。王国の騎士と、エクリプス侯爵家の騎士が一触即発の雰囲気の中、カサンドラの言葉が不思議と響《ひび》いた。

そして――

「はっ、はぁっ⁉　な、なにを言ってるんですか？　俺は別にローレンス王太子殿下のことが大好きなんて思ってませんけどぉ⁉」

ものすごい早口だった。

『尊死』

『てぇてぇ』

『これはローレンス×ニコラス』

『解釈一致《かいしゃくいっち》w』

盛り上がるコメント。もちろん、その場にいる者達にコメントは見えないけれど、ニコラスの反応だけでも、一触即発の雰囲気はぶち壊《こわ》しになった。

カサンドラは少しだけ申し訳なくなって咳払《せきばら》いをする。

「失礼いたしました。それで、わたくしが転移陣を使えないというのは、一体どういうことですの？　説明くらいは、していただけるのですわよね？」

「それはもちろんです。現在、貴女《あなた》にはある疑いがかかっています」

「疑い？　ただの疑いでわたくしの行動を制限するとおっしゃるのですか？」

「無礼なのは承知の上です。しかし緊急《きんきゅう》を要する事態のため、どうかご協力ください。むろん、疑いが晴れれば、転移陣の使用制限は撤回《てっかい》されますが……」

ニコラスはそう言って、カサンドラから視線を外す。

彼が新たに視線を向けた先にはセシリアの姿があった。彼女《かのじょ》がどうかしたのかと、カサンドラが口を開く直前、神殿《しんでん》の入り口の方がにわかに騒《さわ》がしくなった。

ほどなく、儀式の間にローレンス王太子が現れる。

「先日振《ぶ》りだな、カサンドラ嬢。おまえは他の貴族とは違《ちが》うと思っていたのだが……」

カサンドラはすぐさまカーテシーで迎《むか》える。膝《ひざ》は曲げ、けれど腰《こし》は曲げずに、視線はローレンス王太子殿下に定めたままのスタイル。そうして視線を交《か》わすけれど、パーティーで向き合ったときにはたしかに感じた柔《やわ》らかな雰囲気が、いまはすっかり消えている。

どころか、彼がカサンドラを見る視線には猜疑心《さいぎしん》が滲《にじ》んでいた。

（……この短期間で一体なにがあったというの？）

まるで、リスナーから聞いた断罪シーンのようだ。だが、カサンドラは断罪されるような悪事を働いた記憶はない。なにか誤解があるはずだと口を開く。

「ローレンス王太子殿下、発言をお許しいただけるでしょうか？」

カサンドラの問いにニコラスが不満げな顔をする。だが、ローレンス王太子はかまわないと口にした。それを確認《かくにん》し、カサンドラは質問を投げかける。

「わたくしが転移陣で領都へ帰還《きかん》することを禁ずると、ローレンス王太子殿下のご指示があったとうかがいました。その意図をお聴《き》かせいただけますかしら」

「おまえに身に覚えはない、と？」

取り付く島もない――が、だからこそ、なにか誤解が生じているのだと思った。

「わたくしに非があるのなら心より謝罪をした上で償《つぐな》いましょう。しかしながら、わたくしには心当たりがございません」

「……そうか。では、なぜそこに彼女がいる？」

ローレンス王太子が視線を向けたのは、カサンドラの斜《なな》め後ろにいる聖女だった。

「セシリア様がなにか？」

「とある貴族から密告があったのだ。エクリプス侯爵家の娘が理由を付けて聖女を連れ去り、私欲のために利用しようとしているとな」

静かな、けれど氷の刃《やいば》を秘めた言葉。

ここに来て、カサンドラは彼がどのような誤解をしているか理解した。

「誤解ですわ、王太子殿下」

とっさに弁明を口にした。侯爵令嬢が私利私欲で聖女を攫《さら》おうとした。そんな誤解が事実となれば、カサンドラは原作のように破滅しかねないから。

「なるほど。ではセシリアに問おう。彼女はこう言っているが、おまえは本当に自分の意思で、エクリプス侯爵領へ向かうと言ったのか？」

ローレンス王太子がセシリアに問いかけた。

（……待って、待ってください。もしここで、強制的に領地に連れて行かれそうになっているとセシリア様が証言したら……わたくし、破滅ではありませんか？）

普通《ふつう》に考えればあり得ない。だが、たとえば、密告者がセシリアならばどうだろう？　もしそうであれば、カサンドラは見事に罠《わな》に掛かったことになる。

（もしあの脳天気な振《ふ》る舞《ま》いが演技なら……）

自分は騙《だま》されたのかもしれない。いままでは漠然《ばくぜん》と考えていた破滅の可能性が現実味を帯びた。その恐怖に、背筋が凍《こお》るような思いを抱《いだ》いて自らを抱《だ》きしめる。

そして――

「ローレンス王太子殿下、私が侯爵領へ遊びに行きたいと言ったのは本当ですよ？」

セシリアの脳天気な一言が、カサンドラの深読みを蹴《け》っ飛《と》ばした。

2

王都にある儀式場。緊迫《きんぱく》した空気がセシリアの脳天気な一言で霧散《むさん》した。コメントは爆笑《ばくしょう》の渦《うず》に呑み込まれているが、現場では微妙《びみょう》な空気に包まれている。

「……そうか。カサンドラが聖女を攫おうとしているという密告が間違いだというのは、聖女の態度から察していたが……遊びに行くというのはなんだ？」

「間違えました。病人を治しに行くんです」

セシリアが言い直すが、ローレンス王太子はいぶかしげな顔をする。そうして、カサンドラに説明しろと言いたげな視線を向けてきた。

「……その。呪《のろ》いをかけられた娘を救って欲《ほ》しいと依頼《いらい》したのです。当初の予定では、わたくしが、その娘をエメラルドローズ子爵家へ連れて行く予定だったのですが……」

「聖女がエクリプス侯爵家へ遊びに行きたいと言いだしたという訳か？」

「その通りです。……ローレンス王太子殿下は、聖女は王都にいるべきだとお考えですか？」

カサンドラは少し不安になって問いかけた。

聖女は国の象徴《しょうちょう》だ。

聖女が何処《どこ》かの貴族に肩入れするということは、政治的に大きな影響《えいきょう》がある。それゆえ、エクリプス侯爵家が、聖女の訪問を断る理由はなかった。

だが、それでローレンス王太子の不興を買うなら話は変わってくる。もしかしたら、ローレンス王太子にとって不都合があるのかもしれない。そう思っての問い掛け。

けれど――

「いや、聖女が希望したのなら、エクリプス侯爵領への訪問は問題ない。ちょうど、エメラルドローズ子爵だけでは心許《こころもと》ないと思っていたところだからな」

連れて行くのなら、聖女を護《まも》る後ろ盾《うしろだて》となれ、という意味。その点について異論はないと、カサンドラは即座《そくざ》に「その点は問題ありません」と頷《うなず》いた。

そして、思いのほかあっさりとローレンス王太子から許可を得たことでカサンドラは安堵《あんど》の息を吐《は》く。だが、その直後にローレンス王太子は「だが――」と続けた。

「なぜそのようなことになったのか、詳《くわ》しい説明を求めたい」

「それは、その……」

カサンドラはしどろもどろで視線を彷徨わせる。

ここで、わたくしもよく分かりませんわ！　などと言えるはずがない。だが、セシリアに聞いてくださいという訳にもいかない。彼女からどんな言葉が飛び出すか予想が付かないから。

ゆえに、カサンドラは必死にローレンス王太子を納得《なっとく》させうる理由をひねり出した。

「……実は、エメラルドローズ子爵にはもう一つ提案をいたしました。エクリプス侯爵領で新たな事業を考えており、その件でエメラルドローズ子爵に相談をさせていただきました」

「あぁ、そういえば、なにやらスラム街の改革を始めたらしいな」

どうして知っているんですか⁉　と、喉元《のどもと》までこみ上げた言葉は必死に呑み込んだ。

スラム街の改革は始めたばかりだ。カサンドラが主導で行っていることは隠していないけれど、よほど侯爵領に目を向けていなければ、このタイミングでは知り得ない情報である。

「ん？　あぁ、少し興味があってな」

カサンドラの表情から読み取ったのか、ローレンス王太子は柔らかな笑《え》みを浮《う》かべる。

（それって、エクリプス侯爵領にって、意味ですわよね？　わたくしに興味がある訳ではありませんわよね……？）

チョロインよろしく、カサンドラは胸を押《お》さえた。それから、破滅、惚《ほ》れたら破滅ですわよと心の中で呪文《じゅもん》のように繰《く》り返《かえ》し、浮《うわ》ついた心を強引《ごういん》に押さえつける。

だが――

「そのうち視察させてもらおう」

ローレンス王太子はそう言った。

正直、来て欲しくないといえば嘘《うそ》になる。だが、カサンドラにとって、ローレンス王太子は破滅の鍵《かぎ》となり得る人物だ。出来れば関わらない方がいいに決まっている。

なのに――

「ええ、その日を心待ちにしておりますわ」

気付けばそう言って微笑《ほほえ》んでいた。

『なんで歓迎《かんげい》してるんだよw』

『聖女とも関わってるのに、破滅する最大の原因を自分から呼び寄せてどうする』

『これはくさぁ』

『これ、スラム街の再開発に失敗したら、悪として断罪される奴《やつ》じゃない?』

(うるさいですわね。乙女心《おとめごころ》は複雑なんですわよーっ)

聞こえる訳もないのに、心の中でリスナーに言い訳をする。

カサンドラ・エクリプス。破滅すると分かっていても、ローレンス王太子への想《おも》いを捨てきれないチョロい……いや、一途《いちず》な娘である。

「――っと、話が逸《そ》れたな。つまり、セシリアはその事業に興味を示した、ということか?」

ローレンス王太子がセシリアへと問い掛けるが、

「……事業って、なんの話ですか？」

セシリアの答えにその場にいた全員が嘆息《たんそく》した。

「まぁ、いい。少なくとも、強制的に連れ去られる娘の反応ではないからな」

どうやら、疑惑《ぎわく》は晴れたらしい。あるいはそれ以上の追及《ついきゅう》は無駄《むだ》と思われたのか。どちらにせよ、ローレンス王太子はカサンドラに向き直った。

「聖女が誘拐《ゆうかい》される懸念《けねん》がある緊急事態だったとはいえ、エクリプス侯爵家に礼を失したことは申し訳なく思う。公式に謝罪することは出来ないが、個人的には謝罪しよう」

ローレンス王太子は王族としての務めを果たしただけである。また、王族たるもの、軽々しく謝罪することは許されない――という教えが王族にある。

これは、王族の発言が、多くの人々の未来を左右するからだ。

にもかかわらず、彼は謝罪という言葉を使った。カサンドラに対して、最大限の敬意を示しているという意思表示である。それを理解したカサンドラは考えを巡らす。

「ローレンス王太子殿下が心を痛める必要はございませんわ。悪いのは、誤った情報を殿下に伝えた何処かの誰《だれ》かですもの」

カサンドラはふわりと微笑んだ。

『破滅のピンチまで迎えたのに、カサンドラお嬢様ってば優《やさ》しいな』

『悪役令嬢は何処行った？（笑）』

『……いや、いまのはたぶん貴族的で迂遠《うえん》な言い回しよ。悪いのは貴方《あなた》じゃなくて、貴方を騙した誰かだから、その誰かに責任を取らせろって意味だと思うわ』

『え、そうなのか⁉』

『……言われてみると、そんなふうにも聞こえてくるな』

『貴族……怖《こわ》っ』

『カサンドラお嬢様、マジ悪役令嬢！』

そんなコメントが流れるが、おおむね正解である。

今回の件は作為的《さくいてき》なものを感じる。おそらく、誰かが自分を陥《おとしい》れようとしたのだろうと、カサンドラは睨《にら》んでいる。だから、その誰かを罰《ばっ》して欲しいと願った。

しかし、ローレンス王太子は難しい顔をする。

「それは……難しいな。故意であることが証明できれば、もちろん罰することは出来るが、勘違《かんちが》いだと言われてしまえばそれまでだからな」

「……軽々しく罰すれば、失敗を恐《おそ》れて密告する者がいなくなってしまいますものね」

密告者が明確な証拠《しょうこ》を持っていることは少ない。それでも密告させるのは、疑いありという情報を精査して、隠された悪事を暴《あば》くのが目的だ。

なのに、不確かな情報だったからと罰してしまえば、誰も密告などしなくなる。たとえ今回の密告者が、カサンドラを陥れるためにわざと誤った情報を密告した疑惑があっても、軽々しく罰することが出来ないのはそれが理由である。

「だが……そうだな。もしも次に同じようなことがあったなら、そのときはおまえの味方をすると約束しよう。無論、俺個人の話ではあるが」

「まあ。王太子がそのような安請《やすう》け合《あ》いをしてよろしいのですか？」

さきほども言ったように、王族の言葉はとても重い。その発言一つで多くの人々の人生を左右することもある。そんな彼が個人的にとはいえ、片方に肩入れするような発言をした。

カサンドラが驚《おどろ》くのも無理はない。

だがローレンス王太子は気にした風もなく「今回の一件は思うところもあるからな。カサンドラ、おまえはもう少し足場を固めた方がいい」と呟《つぶや》いた。

その言葉の意味を理解したカサンドラが目を見張る。

「……やはり、そうですか。ご忠告に感謝いたしますわ」

「なるほど、察しもいいのか。どうやら噂《うわさ》以上に有能なようだな」

パーティー会場で見せたときよりもずっと優しげな笑みがカサンドラに向けられた。それを間近で目にした彼女は胸を押さえてぷるぷると震える。

『カサンドラお嬢様大丈夫《だいじょうぶ》？』

『大丈夫？　破滅する？』

『ってか、察しもいいってことは、いまのも迂遠な言い回し？』

『そうよ。密告者を罰することは出来ないけど――という下りのあとに、足場を固めた方がいいという忠告。つまり、放っておけば足を掬《すく》われる。密告したのは、エクリプス侯爵家の傍系《ぼうけい》ってことじゃないかしら？』

『あぁ、そっか。身内が足を引っ張ってるって気付いたから、ローレンス王太子殿下も次は味方をするって言ったんだな。ってか、よく分かるな。説明されなきゃ分かんないって』

『ほんとだよ。なんで分かるんだってレベルｗ』

『私は、カサンドラお嬢様が傍系から嫌《いや》がらせをされてるって知っててようやく、かな。だから、そういう原作設定を知らずにいまのやりとりを理解する人はほんとにすごいと思うわ』

そんなコメントが流れる中、不意にセシリアが息を呑んだ。

「カサンドラ様、傍系の人達に嫌がらせをされてるの？」

「――っ!?」

カサンドラとローレンス王太子が目を見張った。

これまでのやりとりから、カサンドラとローレンス王太子は、互《たが》いに迂遠な言い回しが理解できる相手だと理解していた。

だけど、セシリアが気付くとは、二人とも思ってもいなかった。

『ふぁっ!?』

『セシリアも分かるのかよ!?』

『あれだけ天然っぽかったのに、マジかｗ』

『セシリアですら分かったのに、おまえらときたら……』

『いやいや、セシリアは原作のストーリーを知ってるからじゃないか？』

『知ってるのかなぁ？　いままでの言動的に、知らない気もする』

コメントまでもが驚く中、カサンドラはまったく別のことを考えていた。

セシリアが迂遠な言い回しを理解できるはずがない——と、決めつけることは出来ない。けれど、お世辞にも迂遠な言い回しが得意には見えない。

だから、もしかしたら——と、カサンドラは虚空《こくう》に表示されるコメントに視線を向けた。

3

エクリプス侯爵家に帰還後。

カサンドラは事の次第《しだい》を報告するためにレスターの執務室《しつむしつ》を訪《おとず》れた。

「——というわけで、聖女が遊びに来ました」

「待て待て待て。なにがどうしてそうなった⁉」

「わたくしにもよく分かりません」

「……分からない？」

「分かりませんわ」

不毛なやりとりを経て、そうかとレスターが遠い目をした。

『**分かりませんは草ｗ**』

『**たしかに分からないけど、もう少し説明してやれよ（笑）**』

カサンドラはコメントを見て、それもそうかと口を開く。

4月の新刊
毎月5日発売
DRAGON NOVELS
ドラゴンノベルス
B6判
波乱の運命を楽しむ冒険者、
その名は
〝天騎士〟アハバイン。
第8回カクヨムWeb小説コンテスト
〈特別賞〉受賞作!
帝国最強のパーティー、突然の解散
可愛い従者を手に入れて人生を自由に旅することにした
著：HATI　イラスト：山椒魚
突然パーティーが解散したアハバインは、ソロ活動を余儀なくされる。しかし侯爵令嬢の救出を手始めに討伐依頼を次々こなし、二人の可愛い奴隷《メイド》を迎え入れ、仕事は順風満帆。そんな中、クーデターで捕らわれた王女奪還の依頼が舞い込むが、現場には美貌の悪魔が待ち受けていた!?有能故《ゆえ》に舞い込む過酷な依頼を華麗《クール》にさばき、男《アハバイン》は新たな使命のため魔道列車で次なる地へ。運命を楽しむ《エンジョイする》最強男の冒険ファンタジー！
KADOKAWA
発行：株式会社KADOKAWA　企画・編集：ゲーム・企画書籍編集部

リスナーのコメント《ネタバレ》で
破滅イベントを
攻略します！
侯爵令嬢の破滅実況
破滅を予言された悪役令嬢だけど、
リスナーがいるので幸せです
著：緋色の雨　イラスト：たらんぼマン
乙女ゲームの悪役令嬢として破滅するはずのカサンドラは、光る板《ウィンドウ》と流れる未来の予言《コメント》に気付く。何故か自分の生活が現代の世界で２４時間配信されているようで――!?　運命をネタバレされた侯爵令嬢は、破滅の元凶になる王太子と距離を置いて、スパチャで現代の本を買って猛勉強。破滅イベントを未然に潰しておけば大丈夫！　と思ったら、有能になっていく彼女を王太子が放っておくわけもなく、さらには聖女《ゲームのヒロイン》まで近付いてきてしまい――!?

求ム　物語発生の目撃者——
「」カクヨム
ネクスト
「異世界転移、地雷付き。」の
いつきみずほ新作
「図書迷宮と
心の魔導書」
連載中！
イラスト：淵゛
人気作家の独占配信多数！
期間限定の90％OFF
キャンペーン開催中！

「理由は分かりませんが、私に興味を持ってくださったようです。そういう訳で、エクリプス侯爵家で受け入れることになりました。事後報告になり、申し訳ないとは思っています」

「……まあ、聖女が相手というのは驚きだが、おまえが友人を連れてくるのは事前に報告するようなことではないからな。気にする必要はない」

「ありがとうございます」

セシリアの滞在許可《たいざいきょか》を得たカサンドラは、続けて転移陣の間での一件を報告する。傍系が暗躍《あんやく》している可能性がある、と。

そうして必要な報告を終えた後、カサンドラは自室へと戻《もど》った。

「エリス、セシリア様はどうしているかしら？」

「お部屋のベッドの上を転が——いえ、おくつろぎになっておられます」

侍女《じじょ》のエリスが言い直すが、なにを言おうとしたのかは明白だ。

「そ、そう。セシリア様が当家のベッドを気に入ってくださった、ということですわね」

考えることを諦《あきら》めたカサンドラは、視線を悠久《ゆうきゅう》の彼方《かなた》へと飛ばした。

『カサンドラお嬢様、渾身《こんしん》のフォロー（笑）』

『いやでも、客間もたぶん天蓋《てんがい》付きのベッドだろ？　現代人なら転がる気持ちは分かるw』

『ベッドの上でパジャマパーティーが出来そうなレベルだもんな』

コメントを見ながら、そういうものだろうかと物思いに耽《ふけ》る。

それからほどなくして、ふと我に返った。

「エリス、二通ほど手紙を書くからその準備を」


翌朝。

カサンドラの招喚《しょうかん》に応じ、ヴェインが少女を伴《ともな》ってエクリプス侯爵家の門を叩《たた》いた。ほどなく、使用人に案内された彼らが、カサンドラの用意した応接間に姿を現す。

ヴェインの横で辛《つら》そうな顔をしている少女がセレナだろう。ロングの黒髪《くろかみ》に、少し色の薄いエメラルドの瞳。儚《はかな》げな雰囲気を纏《まと》ってはいるが、その顔立ちはヴェインによく似ている。

「よく来ましたわね」

カサンドラがセレナに声を掛けるが、彼女はそっと視線を逸らした。

（あら、人見知りでしょうか？）

だとしても、十六歳《さい》の娘が、自分を救おうとしてくれている相手に挨拶《あいさつ》もしないのは礼を逸《いっ》している。カサンドラはともかく、その背後に控《ひか》える侍女達の目がすがめられた。

そんな侍女達の視線から護るように、ヴェインがセレナのまえに立った。

「久しぶりだな、嬢ちゃん。まさか、俺達を屋敷《やしき》に招くとは思わなかったぜ」

「あら、わたくしに出向けと？」

カサンドラが眉《まゆ》をひそめると、ヴェインは少し慌《あわ》てて首を振った。

「いや、そうじゃない。ただ、セレナはともかく、闇《やみ》ギルドに所属する俺を、この屋敷に招いても大丈夫なのかと、そう言いたかっただけだ」

「なるほど。正直に言えば、反対の声もありましたわよ？　ですが、赤い月の皆さんはこれから、わたくしの事業のパートナーですから。誰にも文句は言わせませんわ」

ヴェインに——というよりも、背後に控える侍女達に釘《くぎ》を刺《さ》す。

それに気付いたのだろう。ヴェインは「感謝する」と表情を綻《ほころ》ばせた。さすが攻略対象《こうりゃくたいしょう》の一人だけあって、その笑みは非常に絵になっている。

コメントからも『ヴェイン様も素敵《すてき》！』みたいな声が上がる。

だが、カサンドラは気にした風もなく「立ち話もなんですから、続きは座《すわ》って話しましょう」と、ローテーブルを挟《はさ》むソファに腰掛《こしか》けるように勧《すす》めた。

カサンドラの申し出を受け、二人は揃《そろ》ってソファに腰掛ける。

『カサンドラお嬢様ってイケメンに弱いだけかと思ったけど、意外とそうでもない？』

『だな。ローレンス王太子に弱いだけかもしれん』

『実は一途な乙女《おとめ》だったか』

『お、俺は認めないぞ！』

『ユニコーンは帰ってどうぞ』

『ソンナー』

（この人達、わたくしをなんだと思っているのかしら？）

節操がないと思われていたなんて失礼な——と、独りごちる。

すると、ヴェインが待ちきれないとばかりに口を開いた。

「それで、治療《ちりよう》の準備が出来たというのは？」

「あぁ、そうでしたね。説明をするまえに――このことは他言無用です」

手紙では、治療の準備が整ったとしか書いていなかった。聖女がエクリプス侯爵家に滞在していることを広めるのは、よけいな軋轢《あつれき》やトラブルを生む可能性があるからだ。それこそ、セレナを救ったのなら自分も――と、セシリアの時間すべてを奪《うば》ってしまいかねない。

ゆえに他言無用だと念を押せば、二人は神妙な顔で頷いた。

「では、単刀直入に申しますが、いまこの屋敷に聖女様が滞在しております」

「はぁ？」

ヴェインが奇妙《きみよう》なものを見るような目を向けてくる。

「ですから、聖女様が滞在しているんですわ」

「……まさか、こんなにすぐ、聖女を領地に招くなんてな」

「言っておきますが、普通は出来ませんわよ？」

「分かってる。侯爵令嬢様々だな」

「いえ、まぁ……そうですわね」

誰もがその力を欲《ほつ》する聖女。魔術師《まじゆつし》が使えないような高度な聖属性の魔術を、覚醒《かくせい》したそのときから自在に扱《あつか》うことが出来る。

そんな彼女を領地に連れ帰るのは、侯爵家の令嬢だって簡単なことじゃない。そのことは、ローレンス王太子が飛んできたことからも明らかである。だから、それが出来たのはエクリプス侯爵家の力ではなく、セシリアが遊びに来たいといったから。

――なのだが、わざわざ教える必要はないだろう。

「まぁ……その、色々とありまして。セレナさんのことを説明したら、自らエクリプス侯爵領へ出向くと、セシリア様が申し出てくださったのですわ」

遊びに来たいという発言にはあえて触《ふ》れずに説明した。

「おぉ……さすが聖女様、なんて慈悲深《じひぶか》い」

『ワロタｗ』

『いまのわざと誤解させただろ（笑）』

『まあ、半分は事実だけどなｗ』

カサンドラはさり気なく視線を逸らしつつ、「それでは、聖女様をお呼びいたしますわね」と、メイドの一人に伝言を頼《たの》む。

ほどなく、セシリアが部屋へとやってきた。

「カサンドラ様、お呼びだと聞きましたけど」

「セシリア様、こちらわたくしの部下となったヴェインさんと、その妹のセレナさんです」

「初めまして、セシリアです。呪われてるのは……あぁ、貴女ですね」

他人がいるからか、いまのセシリアは聖女として振る舞っている。そんな彼女がセレナの顔を覗《のぞ》き込んで断言した。

「……分かるんですの？」

興味を抱いたカサンドラが問い掛ける。

「種類にもよりますが、この呪いは見たら分かります」

「そうですか。それで、解呪《かいじゅ》は可能ですか？」

「もちろんですよ」

セシリアは微笑んで、それからセレナのまえで片膝《かたひざ》を突いた。

「セレナちゃん、いまから解呪するね。解呪の副反応でちょっとびっくりしちゃうかもしれないけど、身体《からだ》を治すためだから我慢《がまん》してね？」

素の態度を曝《さら》け出《だ》し、セレナに優しく語りかける。それでもセレナはビクッとして、意見を求めるようにヴェインを見上げた。

「彼女はセレナの身体を治すために来てくれたんだ。おまえをこんな目に遭《あ》わせた貴族とは違う。だから、信じて大丈夫だ」

「……うん、分かった」

セレナはぎゅっと拳《こぶし》を握《にぎ》り締《し》め、それからこくりと頷いた。

（あぁ……彼女は貴族に虐《しいた》げられたことで、貴族全体に不信感を抱いていたんですわね。だから、いかにも貴族令嬢なわたくしを警戒していたという訳ですか）

礼を逸していたのは挨拶をしない彼女――ではなく、彼女の置かれている境遇《きょうぐう》に気付かず、貴族として彼女と接してしまった自分の方だと、カサンドラは自らを恥《は》じる。

だから、セレナの心情を慮《おもんぱか》って口調を変えたセシリアを立派だと思った。

「セシリア様、彼女のことをお願いできますか？」

「ええ、お任せください」

セシリアが静かに頷いて――次の瞬間《しゅんかん》、厳《おごそ》かな雰囲気をその身に纏った。中身が入《い》れ替《か》わったのかと錯覚《さっかく》するほど、彼女の纏う気配が一変している。

艶《あで》やかな唇《くちびる》から零れる凜《りん》とした声は呪文を紡《つむ》ぎ、すべてを受け入れるように両手を広げた姿は慈愛に満ちていて、彼女の周囲を金色に輝《かがや》く光の粒子《りゅうし》が舞う姿は神秘的だ。

そして、その幻想的《げんそうてき》な光がセレナを包み込んだ。

4

聖女が創り出した幻想的な光景。人の心を惹《ひ》きつけて止《や》まないその姿に、カサンドラはずっと見ていたいという想いを抱く。けれど、ほどなくしてその神聖な光は霧散した。

セレナは――と、視線を向ければ、彼女は胸を押さえて俯《うつむ》いている。

「……解呪は、どうなったんですか？」

「心配は要《い》りませんわ。だって、ほら――」

見たら分かるでしょ？　とばかりに、セシリアがセレナを示す。

「……ほらと言われましても、分かりませんわ」

「そうなのですか？　でも大丈夫ですよ。――セレナちゃん、どう？」

「……しく、ない」

「うん？」

「苦しくない！　身体がすっごく楽になったよ！」

セレナがぴょんと跳《と》びはねて、それから着地に失敗してふらついた。その身体を、慌てて飛び出したセシリアとヴェインが支える。

「セレナ！」

「セレナちゃん！」

二人揃ってセレナに声を掛け、それから互いの存在に気付いたように顔を見合わせる。

「……セシリア様、だったか？」

「セシリアでかまいませんよ」

「いや、聖女様でしかも恩人をそのように呼ぶ訳には……」

「その恩人がいいと言っているのに、ですか？」

「……分かった。ならセシリアと呼ばせてもらおう。それで、セレナは大丈夫なのか？」

「呪いが解けたといっても、身体は弱ったままです。回復までは時間が掛かると思います。ですが、原因は取り除かれているので、すぐによくなるはずです」

「……そうか。感謝する」

「どういたしまして」

心を許したヴェインの笑顔に、セシリアもまた満面の笑みで応じた。傍目《はため》に、なにやらいい雰囲気だなと、カサンドラはその様子を見守った。

『これは……聖女はヴェインルートに入りそう？』

『どうだろう？　原作ゲームだと、ルートが決まるのかなり終盤《しゆうばん》だからなぁ』

『俺はカサンドラお嬢様とセシリアちゃんのルートが見たい』

『カサンドラちゃんは俺の嫁《よめ》だから！』

『ガチ恋勢《こいぜい》は出荷《しゆつか》よーっ』

『ソンナー』

リスナーも同じように感じているのか、そんなコメントが流れている。

そしていつもの様式美。

出荷される人達を見てクスクスと笑っていると、不意に視線を感じて顔を上げる。そこには、ものすごくなにか言いたげな顔でこちらを見ているセシリアの姿があった。

「……セシリア様？」

「ねぇ、それ……」

セシリアがなにかを言いかける。だけどその言葉を彼女が紡ぐ寸前、セレナのお腹《なか》が可愛《かわい》らしく鳴った。とたん、恥ずかしそうに俯くセレナ。

「エリス、食堂でセレナさんになにか食べさせてあげて。セシリア様、わたくしは少しヴェインさんと仕事の話があるので、セレナさんをお願いしてもよろしいですか？」

「うん、いいよ。じゃあ、セレナちゃん、行こっか」

セシリアが手を差《さ》し伸《の》べた。

セレナは戸惑《とまど》いつつも、ヴェインに視線で確認を取ってセシリアの手を握る。そうして仲良く立ち去っていく姿を見送って、カサンドラはヴェインに視線を戻す。

「可愛らしい子ですわね」

「ああ、自慢《じまん》の妹だ。だが……」

「心中はお察しいたしますわ」

可愛すぎるがゆえに、貴族の妾《めかけ》にされそうになり、断ったことで呪いをかけられた。誰もが羨《うらや》むような愛らしさを持っているが、それゆえに辛《つら》い日々を送ることになった。

可愛くてよかった——とは言《い》い難《がた》い。

『**俺らの世界じゃカワイイは正義なんだけど、この世界じゃ違うんだな……**』

『**力なき可愛さは悲劇を呼ぶんだな**』

『**力なき正義みたいに言うなｗ**』

『**力なき可愛いは可憐《かれん》だろう、いいかげんにしろ（笑**』

リスナーも同情的なコメントがほとんどだ。カサンドラ自身もセレナに同情している。だが、同情をしているだけじゃなにも変わらない。

「ヴェインさん、復讐《ふくしゅう》を望みますか？」

「……なんだと？」

「相手は分かっているのでしょう？」

原作ストーリーでは、ヴェインはセレナの呪いが解かれたことで満足し、セシリアと共に歩く未来を選ぶ。ゆえに、呪いをかけた貴族が誰かは語られない。

そこに、カサンドラはあえて切り込んだ。

『おいおいおい、カサンドラお嬢様⁉』

『自分がどうして破滅したのか忘れたのか？』

『そんなデリケートな問題に首を突っ込んで平気なのか⁉』

リスナーのコメントが目に入る。カサンドラはヴェインに人を陥れる依頼をして破滅する。彼に復讐を唆《そそのか》すのはかなり危険な行為《こうい》だ。

だけど——

「わたくしは復讐が無意味だとは思いません。それに、貴方は赤い月を情報ギルドとして運営している。その貴族の悪事を暴くためなのでは？」

「……もし、そうだと言ったら？」

「協力いたしますわ。わたくしなら、その証拠を有効に使えます」

庶民《しょみん》がそのような証拠を提出しても握りつぶされるのがオチだ。だが、エクリプス侯爵家の娘であるカサンドラがその証拠を使えば、その貴族を断罪することが出来る。

つまり、ただの復讐ではなく、それが正義の鉄槌《てっつい》ならば問題はない。

カサンドラはそう結論づけた。

「嬢ちゃんは、その貴族が何処の誰か知っているのか？」

「いいえ、存じておりませんわ」

ただし、原作ストーリーでは語られないという事実は分かっている。つまり、原作のストーリーに影響のない相手である可能性が高い、ということだ。

だが、ヴェインはその相手を知っているかと問うた。相手が取るに足らないなら、エクリプス侯爵家の娘であるカサンドラには、聞く必要のない質問であるはずなのに、だ。

その理由はいくつか考えられるが、カサンドラはそのうちの一つにあたりを付けた。

「……察するに、エクリプス侯爵家の傍系、ですか？」

問い掛けた瞬間、ヴェインが警戒心《けいかいしん》を剥《む》き出《だ》しにした。

「もしそうだと言ったら……どうするつもりだ？」

（これは、当たりですわね）

やぶ蛇《へび》状態だが、確認しておいて正解だとカサンドラは考える。

放置すれば、セレナを救ったとはいえ、しょせんはセレナを呪った貴族の親戚《しんせき》に過ぎないと、そう思われたままである可能性もあった。

「傍系の者だったとしても、悪事を働いているのなら断罪いたしますわ。それに、これはここだけの話ですが……傍系の者達は、お兄様の地位を狙《ねら》っています」

つまりは敵。だから一緒にしないで欲しいとほのめかす。

「……理解した。だが、嬢ちゃんが俺の用意した証拠を悪用する可能性はないのか？」

「傍系の勢力を削《そ》ぐことが出来るのなら満足ですわ」

自分にも利があると微笑めば、ヴェインもまた笑い声を上げた。

「くくっ、なるほどな。その貴族を断罪することが、嬢ちゃんの利益に繋《つな》がるのか。善意だと言われるよりよほど信頼《しんらい》できる」

「では、お任せいただけますか？」

「ああ。嬢ちゃんは妹の命の恩人だからな。俺が調べ上げたすべてを嬢ちゃんに託《たく》す」

こうして、ヴェインから傍系が働いた悪事の数々を聞くことになる。それによると、セレナに呪いをかけさせたのはカプリクス子爵家の当主だった。

だが哀《かな》しいかな。その件にまつわる証拠はない。そもそも、呪いをかけさせたのがカプリクス子爵家の当主であって、呪いをかけた実行犯は別にいる。

ゆえに、仮に証拠を摑《つか》んだとしても、カプリクス子爵を断罪することは不可能だった。

だが、だからこそ、ヴェインはカプリクス子爵の悪事を調べ上げた。

別件で、カプリクス子爵を破滅させるために。

そうして彼が集めた証拠の数々は、使う者が使えばカプリクス子爵を破滅に追いやるに十分な情報量になっていた。

（執念《しゅうねん》、ですわね。もし、わたくしが道を誤っていたら……）

その執念はカサンドラに向けられていた。それこそが、原作ストーリーでカサンドラが破滅させられる要因になる。

カサンドラは、その因果をいま、断《た》ち切《き》った。

「カプリクス子爵には必ず報《むく》いを受けさせると約束いたしましょう」

先日の件とあわせて、当主の座から引き下ろすには十分だ。ただ、放っておけば、代替《だいが》わりした当主が、エクリプス侯爵の地位を狙うかもしれない。

（エクリプス侯爵家に好意的な人物を後釜《あとがま》に据《す》えることが理想ですわね。その辺はお兄様にお任せするといたしましょう）

レスターに相談することを決め、カサンドラは意識を切り替える。

「話が逸れましたわね。スラムの話に戻しましょう」

「ああ、事業の話だったな。だがそのまえに――」

ヴェインがおもむろに背筋をただした。

それから、静かな眼差《まなざ》しをカサンドラに向ける。

「嬢ちゃん、いや、カサンドラお嬢様。妹を救っていただいたこと、心より感謝いたします」

口調をあらためた――だけでなく、カサンドラに向ける態度が一変する。

『ヴェインがカサンドラお嬢様を認めたんだな』

『え、どういうこと？』

『ヴェインは貴族に不信感を抱いていた。だから相手が貴族だったとしても、自分が認めた相手にしか敬意を払わないんだ』

『原作のヴェインが、聖女やローレンス王太子に対して態度をあらためるのは、重要なイベントのあとだったものね』

『あぁ……そっか。カサンドラお嬢様に感謝したから、敬意を払ったんだな』

『セレナちゃんに呪いをかけたのがエクリプス侯爵家の親戚だったなら、心の何処かでは警戒されていたはずだ。そう考えれば、さっきのはお嬢様のファインプレーだったな』

コメントで言われるまでもない。

カサンドラはそれを直感的に理解していた。

「感謝は受け取ります。けれど、そのように口調をあらためる必要はありませんわ」

「ですが——」

彼がなにか言おうとするが、カサンドラの穏《おだ》やかな眼差しを見て口を閉じた。

「……いいのか？」

「どのような口調であろうと、貴方の敬意は十分に伝わっておりますもの。それに、スラムの方々を纏める貴方がわたくしに媚《こ》びへつらっていると皆《みな》が不安に思うかもしれませんから」

だから、どうかそのままでと微笑めば、ヴェインは口笛を吹《ふ》いた。

「嬢ちゃん、将来はいい女になるな」

「あら、わたくしはいまでも十分にいい女ですわよ？」

攻略対象に相応しいイケメンの甘《あま》い言葉にも動じず、カサンドラは妖《あや》しく微笑んだ。これが原作のゲームなら、一枚絵が使われそうなシーンにリスナーがざわついている。

『ヴェイン様、格好《かっこう》いい！』

『カサンドラお嬢様がちょろくない、だと？』

『ローレンス王太子殿下に弱いだけなのかも？』

『一途で可愛い！　といいたいところだけど、相手が相手だからなぁ……』

『カサンドラお嬢様、破滅不可避《ふかひ》なの？』

コメントを読んだカサンドラは「ぶっとばしますわよ！」と独りごちた。

5

聖女がカサンドラの屋敷に滞在するようになって一月ほどが過ぎた。

その間、カプリクス子爵が働いた悪事の証拠を受け取ったレスターは証拠固《しょうこがた》めをおこなった。そうして裏付けを取った証拠により、カプリクス家の当主を追い落とすことに成功する。

もちろん簡単なことではなかったが、事態は思わぬ形で収束した。

悪事を告発した際、カプリクス子爵は陰謀《いんぼう》だと騒ぎ立てた。だが、ローレンス王太子が即座にエクリプス侯爵に味方し、カプリクス子爵家への立ち入り調査をおこなったのだ。

それによって、カプリクス子爵は言い逃《のが》れの出来ぬ形で断罪された、という顛末《てんまつ》だ。

後始末を含《ふく》めて多大な苦労があったが、それはレスターの仕事である。カサンドラはセシリアとともに、比較的《ひかくてき》平和な日常を過ごしていた。

そんなある日、カサンドラは自室で資料と睨めっこをしていた。そうしてふと顔を上げると、ウィンドウに映るコメントが目に入った。

『カサンドラお嬢様、いまはなにをしてるの？』

「あぁ、これですか？　これはヴェインさんからいただいた人材リストです。本格的なスラム改革に向けて、指導者となる人材を選んでいたのですが……」

現在は単純作業が続いているため、闇ギルドの人材が持ち回りで皆をまとめている。だが、これからは専門的に指導できる人材の育成が必要になる。

『その人材を選んでたってこと？』

「それもありますが……」

カメラに見えるように、ヴェインから届いた履歴書《りれきしょ》を掲《かか》げる。一つはセレナの履歴書で、もう二つは先日救った兄妹《きょうだい》のものだ。

「セレナさんがスラムと私達の架《か》け橋《はし》となることを希望している——のはいいんですが、先日わたくしが助けた兄妹も、わたくしの下で働きたいと希望しているようなんです」

『へぇ～、いいじゃん。雇《やと》ってあげたら？』

『いやいや、よく見ろ。セレナはともかく、子供の二人は資料に読み書き不可って書いてるだろ？まともな教育を受けていない、しかも幼い子供を雇えるかよ』

『えー、別にいいじゃん。侯爵家ってお金持ちなんだろ？』

『いくら富と権力があったって、全員を救える訳じゃない。二人を救ったら、俺も俺もと群がってくるかもしれないんだぞ？』

『だったら、全員を救えばいいじゃん』

『だーかーらー、それができたら苦労できないんだって！』

コメントで諍《いさか》いが始まる。

「はいはい、喧嘩《けんか》するリスナーは出荷いたしますわよーっ」

よく見るコメントのまねっこ。我ながらシャレが利《き》いていると思ったカサンドラだったが、コメントの流れはピタリと止まった。

「……あら？　使い方、間違ってましたかしら？」

こてりと首を傾《かし》げる。

次の瞬間、コメントが一気に流れ始めた。

『カサンドラお嬢様がネット用語を使い始めたw』

『おい、俺らのお嬢様が染まってんぞ（笑）』

『そんなーっ』

大盛り上がりで、お嬢様がネットに染まった記念と称《しょう》してスパチャが飛び交っている。それにお礼の言葉を述べながら、カサンドラはすぐに考えを纏めた。

「皆さんそれぞれ意見はあると思いますが、兄妹は雇おうと思います。スラム街の子供達の希望にもなりますから」

『でも、俺も俺もって人が群がってきたらどうするんだ？』

「それは知ったことじゃないですわっ」

迷うことなく言い放つ。

『おいｗ』

『このお嬢様……染まってやがる』

コメントを読みながら、カサンドラはにやっと笑った。

「わたくしが救うのは、救いたいと思った相手だけ。誰《だれ》も彼《か》もがわたくしに救われると思ったら大間違いですわよ？」

『まぁ……正論だな』

『たしかに、義務じゃないもんな』

『でもどうせ、みんな救っちゃうんだろ？』

「救いませんわよ。わたくしは、わたくしに出来ることをするだけです」

『わたくしに出来ること（破滅）をするだけです？』

『そうか、人を救うまえに、まず自分を救わなきゃだもんな（笑』

『たしかにーｗ』

「ぶっとばしますわよ⁉」

リスナーとのいつものやりとり。

そうして資料の確認を進めていると、先日カサンドラが手紙を送った相手の二人目が到着《とうちゃく》したという連絡《れんらく》が入った。カサンドラは身だしなみを整え、客人が待つ客間へと足を運ぶ。

ソファには、二十代後半くらいに見える女性が座っていた。

ブロンドの髪は艶やかで、蒼《あお》い瞳は知的な光を宿している。背筋をただし、凛とした居住まいで紅茶を飲む彼女は、カサンドラを見て微笑みを浮かべた。

アデライト・ウィンター。

二十代後半にしか見えないが、今年で四十三歳になるカサンドラの伯母《おば》である。彼女を呼んだのは、セシリアのシャペロン——早い話が、伯母にも教育係兼《けん》、後ろ盾になってもらうためだ。

「アデライト伯母様、ご無沙汰《ぶさた》しておりますわ」

「久しぶりね、カサンドラ。なにやら色々とやっているそうね？」

彼女の知的な瞳がカサンドラを捉《とら》えた。その顔には笑みが浮かんでいるが、カサンドラは言いようのないプレッシャーを感じる。

「……アデライト伯母様、なにか怒《おこ》っていらっしゃいますか？」

「あら、どうしてそう思うの？　事前の連絡もなしに、手紙で聖女のシャペロンを依頼されたくらいで、わたくしが怒ると思っているのかしら？」

「——うぐっ」

思うと答えれば、なぜそれが分かっていて事前に相談しなかったのかと怒られ、思わないと答えれば、貴女はわたくしから礼儀作法《れいぎさほう》のなにを学んだのかと怒られるパターン。

カサンドラは視線を彷徨わせ、それからアデライトを真正面から見つめた。

「い、一応、お手紙がお伺《うかが》いのつもりだったのですが……」

「〝聖女の後ろ盾になったのでシャペロンになってくださいますか？〟なんて言われて断れるはずがないでしょう？　というか、なにがどうなったら、聖女の後ろ盾になるのよ？」

「……さあ？」

　遠い目をすると、ジロリと睨まれた。

「……ダメ、ですか？」

　上目遣《うわめづか》いで問い掛ければ、彼女は溜《た》め息《いき》を吐《つ》く。

「可愛い姪《めい》っ子《こ》の頼みだから、もちろん引き受けてあげるわよ。それに、聖女のシャペロンともなれば、わたくしにも十分利のあることですからね」

「アデライト伯母様であれば、機会を逃さないと信じていました」

　チャンスを逃すのは愚《おろ》かなことですものねと微笑みかける。

　それに気付いたアデライトは軽く目を見張った。

「……しばらく見ないうちに変わったわね。以前の貴女は聡《さと》くとも、自分に自信がなく、自尊心が低いことを心配していたのだけど……なにかあったの？」

「ええ、まぁ……少し」

　カサンドラは一瞬だけ、虚空に浮かぶカメラに視線を向けた。

『あれ、いま、カサンドラお嬢様が俺を見なかった？』

『いや、俺を見たんだ』

『真面目《まじめ》な話、カメラを見たよな？』

『カサンドラお嬢様が破滅する最大の原因ってさ、愛情に飢《う》えていることだと思うんだ。幼くして両親を失い、兄にもかまってもらえなかった。そうして愛情に飢えていたから、婚約者《こんやくしゃ》に捨てられ

たことに耐《た》えられなかったんだと思うんだ』

『それは分かるが……なんで急にそんな話をした？』

『いや、だから、そんな彼女にとって、いまの状況《じょうきょう》って、どうなのかなって。朝も昼も夜も、誰かがこの配信を見て、カサンドラお嬢様に話し掛けてるだろ？』

『あーなるほど！　つまり、カサンドラお嬢様がさっきカメラを見たのは、自分が変わったのは俺達のおかげだと思ってくれたってことか！』

そのコメントを最後まで読むより早く、カメラを摑んで部屋の隅《すみ》へ放《ほう》り投げた。

『カサンドラお嬢様が照れた（笑）』

『恥ずかしいからってカメラ投げんなｗ』

『照れ隠し可愛いっ！』

コメントからも視線を外し、アデライトへと視線を戻す。彼女はカサンドラの突然《とつぜん》の行動に驚いていたが、「少し虫がいたんです」と誤魔化《ごまか》した。

「アデライト伯母様、話を戻してもよろしいでしょうか？」

「え、ええ。聖女のシャペロンね。さっそく礼儀作法を見ることにするわ」

「そう言っていただけるなら安心ですわね」

カサンドラは微笑んで、使用人にセシリアを呼ぶようにと言付ける。それから、思い出したように、アデライトに向かって口を開いた。

「そうそう。セシリア様は平民の生まれで、少々……いえ、かなり礼儀作法には疎《うと》いところがありますが、決して悪い方ではないので……、その、よろしくお願いいたしますね？」

「話が纏まってから言われたことに不安を感じるけど……まあ、任せておきなさい」

こうして、アデライトによる礼儀作法の勉強が始まった。

自分が勉強を教わると聞いたセシリアは「聞いてないよ⁉」と驚いていたが、礼儀作法の必要性は感じていたようで大人しく従っている。

変わった性格をしているセシリアだが、物覚えが悪い訳ではないらしい。アデライトに叱《しか》られながらも、よく学んでいるという報告がカサンドラの元には届いていた。

その傍《かたわ》ら、セレナやスラムで保護した兄妹の教育も使用人達におこなわせる。そうして、カサンドラはスラムの改革を進めていった。


そんなある日、カサンドラはアデライトの授業を終えたばかりのセシリアをお茶に誘《さそ》う。エクリプス侯爵家にある中庭で二人、木漏《こも》れ日《び》の下に設置したテーブルを囲んだ。

「セシリア様、伯母様の授業はいかがですか？」

「ん～？　大変だけど、面白《おもしろ》いよ」

「……アデライト伯母様の授業を面白いと言える貴女は大物ですわね」

アデライトは優しいけれど容赦《ようしゃ》はない。理不尽《りふじん》に叱ることはないけれど、同じミスをすると無言の圧力をかけてくる。そんな彼女の授業を面白いと評せるのは、決して二度同じ過《あやま》ちを繰り返さない人間か、無言の圧力に気付かない脳天気な人間だけだろう。

前者か後者、セシリアはどっちだろうと考えを巡らす。

（明《あ》け透《す》けな性格であるのは事実ですが、前者じゃないとも言い切れないんですよね）

まだエクリプス侯爵家への滞在を希望した理由も分かっていない。もしかしたらなにかあるかもしれないし、まったくなにもないかもしれない。

なにもなければそれでいい。けれど、もしなにかあれば確認しておく必要がある。そうして物思いに耽っているカサンドラを、いつからかセシリアがじっと見つめていた。

「なんですの？」

「……うぅん、カサンドラ様って可愛いなって思って」

「きゅ、急になんですの？　そんな見え透いたお世辞で、わわわたくしが動揺《どうよう》するとでも？」

『思いっ切り動揺してるけどなw』

『同性に褒《ほ》められるのにも弱かったかー（笑）』

コメントに「うるさいですわね」と小声で突っ込んで、セシリアへと視線を戻す。

「急にお世辞を言って、欲しいものでもありますの？」

「欲しいものはないし、お世辞でもないよ。それに、私がエクリプス侯爵家に来たのは、カサンドラ様ともっと仲良くなりたいって思ったからだよ？」

無邪気《むじゃき》な微笑み。少なくともその微笑みから他意は感じられない。さすがヒロインという愛らしい笑顔による好意を向けられ、カサンドラの表情も自然と綻んだ。

『これはよいてぇてぇ』

『てぇてぇ』

てぇてぇコメントがあふれかえる。

カサンドラは「というか、てぇてぇってなんですの？」と小首を傾げた。

「てぇてぇっていうのは、尊いって意味だよ」

カサンドラの呟きを聞いたのか、セシリアがなんでもないことのように答えた。だが、カサンドラが分からなかったように、この世界にてぇてぇという言葉は存在しない。

それが分かるということはつまり、セシリアが転移者の類いであることに他ならない。やはり、セシリアは転生者か憑依者《ひょういしゃ》で確定だ。

だとしたら、セシリアの目的は——と、カサンドラが想いを巡らせようとしたそのとき。

「だからそのコメントは、私とカサンドラ様のことを言ってるんだと思うよ？」

——セシリアが衝撃的《しょうげきてき》な言葉を口にした。

6

「ま、待って。少し待ってください。まさか、これが見えているんですの？」

カサンドラは両手の指を使い、虚空に浮かぶウィンドウの縁《ふち》をなぞる。

「やっぱり、カサンドラ様も見えてるんだね」

「……ということは、セシリア様も？」

「見えているよ。そこに浮かんでいるカメラも、ね」

衝撃の事実だ。

なぜなら、ウィンドウもカメラも、カサンドラ以外には見えていなかったから。

『マジかよｗ』

『あ、分かった！　だから聖女と目があったんだ！』

『そうか、カメラを見てたのか！』

『うわあああ、なんで気付かなかったんだ！』

『冷静に考えたら、カメラが見えなきゃ目が合うはずはないよな。というか、いままで様子がおかしかったのはそれか！』

『そりゃ、ファンタジー世界で衛星みたいにカメラを張り付かせて、虚空に浮かぶコメントを読み上げてる女の子がいたら驚くわな（笑）』

「そうそう。なにごとかと思ったよ」

セシリアがコメントに応じる。

（もしや……と思うことはありましたが、本当にコメントが見えているんですわね。でも、どうしてセシリア様には見えるんでしょう？　わたくし以外には……）

そこまで考えたカサンドラはあることに思い至る。

「そういえば、セシリア様は転生者、なのですか？」

「あ～うん。私も詳しい分類は分からないけど、正確には憑依者、なのかな？　目が覚めたらセシリアになっていた！　みたいな感じだから」

「では、カメラとウィンドウが見えるのは憑依者だから、でしょうか？」

それこそ、カサンドラが思い至った結論だった。

カメラ越《ご》しに見ているリスナーにもウィンドウは見えている。だから、リスナーと同じ出身のセシリアにも見えているのかもしれない、と。

『あ～ありそう』

『でも、俺達が見てるのはカメラの映像だろ？　現地でカメラやウィンドウが見えるかどうかとは別問題じゃないか？』

『そうかもしれないけど、他に考えられないわよね？』

『コラボ機能が怪《あや》しくないか？』

『それだ！』

そういえば、使い方の分からないコラボ機能をアクティブにしっぱなしだった。それを思い出したカサンドラがコラボ機能をオフにすると、セシリアからは見えなくなったとのこと。

再びアクティブに戻せば、セシリアは「また見えるようになったよ」と答える。

「セシリア様に見えていたのは、コラボ機能が原因のようですわね。ですが、どうしてセシリア様にだけ見えるようになったのでしょう？　やはり、憑依者だからでしょうか？」

コラボ機能が原因で、カサンドラ以外にもカメラやウィンドウが見えるのは分かる。けれど、それならば他の人間にも見えなければおかしい。

セシリアだけに見えるようになった理由があるはずだ。

『その可能性はありそうだな』

『他に考えられないし、転生者とだけコラボできるってことか？』

『すっごい限定的な機能だなｗ』

カサンドラの考えに同意するコメントが流れ始める。そんなとき、セシリアが不意に「それなら心当たりがあるよ」と声を上げた。

「……心当たり、ですか？」

「うん。ええっとね。いま、私もカメラに映ってるかな？」

「ええ、映っていますよ？」

木漏れ日の下に用意されたお茶会の席。

カメラは少しだけ引いた場所で、二人の姿を映し出している。セシリアはそのカメラに身体を向けると、不意に片目を強調するようにピースした。

「こんやみ～。モノクロな夜に彩《いろど》りを。〝かなこな〟所属のＶＴｕｂｅｒ、ノクシアだよ！」

「……え、なんですの、それは……？」

セシリアの豹変《ひょうへん》っぷりに困惑するカサンドラ。

だが――

『えええええええええええええええええぇぇぇぇぇぇぇっ⁉』

『おまっ、前世はＶＴｕｂｅｒだったのかよ！』

『え、え？　ちょ、待って！　ノクシアって、あのノクシア⁉　かなたこなた所属の⁉』

『ってか、マジでこのコメントも見えてるの？』

「見えてる、見えてる。この配信の雰囲気、懐《なつ》かしいなぁ～。っていうか、配信者が転生してVになる人はときどきいるけど、異世界に転生したVは私くらいだよね～」

『たしかになｗ』

『他にいてたまるかｗ』

コメントが大いに盛り上がっている。そうしてリスナーとやりとりをするセシリアをまえに、カサンドラもまたおおよその事情を理解する。

「セシリア様は先達者だったんですね」

「先達者？　あぁ、先輩《せんぱい》ってことね。うぅん、どうかな？　私も異世界から配信するのは初めてだけど。というか、カサンドラ様はどうして……いや、どうやって配信をしてるの？」

「それが、気付いたらこの状況でして」

「気付いたらって……どういうこと？」

「実は――」

初めてカメラとコメントを目にしたときのことをセシリアに説明する。その上で、自分が乙女ゲームの悪役令嬢で、破滅する運命だと聞かされたことも打ち明けた。

「気付いたらこの状況ってすごい話だね。でも、カサンドラ様が悪役令嬢？　もしかしてこの世界って、乙女ゲームをもとにした世界なの？」

「ご存じありませんでしたの？」

「ここが異世界だってことは知ってるけど、乙女ゲームの世界だってことは初めて知ったよ」

「そうなんですわね」

カサンドラは有名なゲームだと思っていたので、セシリアの反応は少し意外だった。そうしてコメント欄《らん》に視線を戻したカサンドラの目にあるコメントが映り込んだ。

『なぁ！　ノクシアって、あのノクシアなのか!?　頼むから答えてくれ！』

興奮した様子のそのコメントは、一度ではなく、二度三度と送られてくる。

『さっきからなんだよ。ノクシアのガチ恋勢かなんかか？』

『ブロックした方がよくない？』

『いや待ってくれ！　マジで重要な話なんだ！』

『だから、なにがだよw　ノクシアってあれだろ？　デビューしてすぐにブレイクしたけど、しばらくして配信がなくなって、そのまま卒業したノクシアだろ』

『いや、卒業じゃなくて、ノクシアの中の人が事件に巻き込まれたって話があるんだ！』

『妄想乙《もうそうおつ》！』

『いや、たしかにそういう噂があるのは事実だな、ほんとかどうかは知らないが』

『どういうこと？』

『発表は卒業になってるが、ノクシアは最後の配信でも、明日の配信予定を楽しげに語ってたんだ。だから、事件に巻き込まれたんじゃないかって話があるんだ』

『ああ、あったな。ちょうどその翌日に殺人事件があったってのが根拠《こんきょ》だったよな。俺はただのこじつけだと思ってたけど、彼女が本当にノクシアなら……』

コメントがピタリと止まった。リスナーがなにを考えているのかは明らかだ。

だが、ＶＴｕｂｅｒに詳しくないカサンドラにも、それがとてもデリケートな質問であることは分かる。だから、コラボ機能を切って、セシリアにコメントを見せないことも考えた。

だけど――

「たしかに！　人生から卒業しちゃったから、間違ってないかも！」

セシリアがにへらっと笑った。

『人生からの卒業ｗ　いや、草生やしていいのか分からないけど』

『本人が言うと草なのよ（笑）』

『え？　え？　噂はほんとで、ノクシアの中の人が殺されて、聖女に転生したってこと？』

「こーら、前世や素性《すじょう》の詮索《せんさく》はマナー違反《いはん》だよ。……ところで、犯人は捕《つか》まった？」

セシリアがカメラに向かって問い掛ける。

『詮索して欲しいのか、欲しくないのかどっちなんだよｗ』

「そりゃ、コンプラは大事だよ？　でも、自分を殺した犯人がどうなったかは気になるじゃない！

そもそも転生したんだから契約《けいやく》なんて無効だよ！」

『ワロタｗ』

『転生して契約無効は草（笑）』

『これ、今後の契約事項《けいやくじこう》に、転生後も契約は有効って記載《きさい》されるようになるやつ（笑）』

『マジレスすると、ノクシアが最後に配信した翌日に起きた殺人事件なら、逮捕《たいほ》どころか、容疑者すら分かってない。リアルを特定したガチ恋勢の犯行とは言われてるけど』

『ガチ恋勢最低だな』

コメントにガチ恋勢への怒《いか》りが滲む。

けれど――

「えー？　違う違う。犯人は私が情報漏洩《じょうほうろうえい》を告発して解雇《かいこ》された会社の先輩だよ」

『おまえ、会社員だったのかよ！』

「Vになるまえはねー」

セシリアはあっけらかんと言い放っているが、わりととんでもない話である。紅茶を片手に話を聞いていたカサンドラは軽く目を見張った。

「これって、殺された人間が、自分を殺した犯人を告発した、ということですわよね？　リスナーの生きる世界はすごいところですのね」

『いや、普通はないからw』

『ってか、容疑者すら挙がってなかったのに、犯人が分かったってことだろ!?』

『マジで大ニュースじゃねぇか！』

『いやでも、この証言は、証拠として有効……なのか？』

『たとえ証拠にならなくても、犯人が分かってるなら特定する方法はあるだろ』

『通報しました』

『ガチなやつ（笑）』

『みんなで通報したら迷惑《めいわく》になるぞ』

『俺が犯人を捕まえてやる！』

『SNSでトレンドにあげよう』

『切り抜きだ』

『拡散しろ、拡散』

配信スキルにコメントを読みやすくするためのフィルターがあってなお、物凄《ものすご》い勢いで流れるコメントの数々。それをまえに、セシリアは目元に涙《なみだ》を浮かべた。

◆　◆　◆

カサンドラの異世界配信が最高に盛り上がっていた最中。デスクトップに映る配信から視線を外した男が席を立ち、手元にあったスマフォへと手を伸ばした。自分の補佐役《ほさやく》を務める女性の番号をコールすると、すぐに電話越しに女性の声が聞こえてきた。

『桜坂警部補《さくらざかけいぶほ》、なにかありましたか？』

「ああ、佐藤刑事《さとうけいじ》に朗報だ。俺達が追っている、ガイシャがＶＴｕｂｅｒの殺人事件に新たな情報だ。あれの容疑者が浮かび上がった」

『本当ですか⁉　ずっと容疑者が分からなかったのに、さすが桜坂警部補。ずっと、ノクシアちゃんの無念を晴らすんだって言ってましたもんね』

通話の相手が口にしたように、桜坂は警部補であると同時にノクシアのリスナーだった。ついでに言えば、カサンドラによる破滅実況のリスナーである。

「出来れば彼女に犯人逮捕の報告をしたい。……協力してくれるか？」

『報告？　あぁ、墓前にですね。それはもちろん、私も同じ事件を担当していますから。容疑者が挙がったのなら捜査《そうさ》は協力しますが、いったい何処から得た情報なんですか？』

「あ～それが、だな……」

どうやって打ち明けたものかと、桜坂は視線を彷徨わせた。だが、どうせすぐに分かることだと、すべてを打ち明けることにする。

「実は……だな、その……本人が告発した」

『……は？　本人？　……桜坂警部補、こんな日中に寝《ね》ぼけているんですか？』

電話越しに響く、氷点下のように冷たい声が桜坂の胸を抉《えぐ》った。相手の感情を余さず伝える最新スマフォのスピーカーが恨《うら》めしい。

「俺は真面目に言ってるんだ」

『じゃあなんですか？　桜坂警部補はシャーマンでも雇ったんですか？』

「いや、そうじゃない。というか、既《すで》にＳＮＳとかで話題になってるはずだ。このあいだ言っただろ？　最近異世界から配信されてると噂のチャンネルを見てるって」

『それって……ちょっと待ってくださいよ。うわっ、ほんとだ⁉　って、え⁉　セシリアちゃんがノクシアだったの⁉』

想像以上に理解が早い。

そこから、桜坂はある答えを導き出した。

「佐藤刑事、おまえ、もしかして――」

『私も破滅実況のリスナーですけどなにか？』

「マジかよ！」

まさか、こんなところに同士が⁉　と、桜坂は目を見張る。

だが、驚きの声を上げていたため、『桜坂警部補がＶ好きって聞いて、どんなのか気になって確認した訳じゃないですから』という呟きは聞き逃した。

「いま、なにか言ったか？」

『い、いいえ？　――っていうか、桜坂警部補、これってついさっきの話じゃないですか。まさか、仕事をさぼって破滅実況を見てた訳じゃないですよね？』

「ば、馬鹿《ばか》を言うな。俺はＳＮＳの切り抜きを見ただけだ！」

慌てて否定するが、言い淀んでいては説得力がない。

『ほんとですか？　ってか、この切り抜きに表示されてる〝**俺が犯人を捕まえてやる！**〟ってコメントが使ってるアイコン、何処かで見たことないですか？』

ＳＮＳはすべて同じアイコンで統一している桜坂はびくりと身を震わせた。

「……と、とにかく、容疑者のアリバイを調べるぞ！」

『夕食で手を打ちましょう』

「け、刑事が脅迫《きようはく》なんて許されると思っているのか？」

『仕事をさぼる警部補とどっちがマシですかね？』

「……くっ。わ、分かった、牛丼《ぎゆうどん》な」

『夜景の素敵なホテルに気になっているお店があるので予約しておきますね』

「そんなー」

二人の恋の行方《ゆくえ》とは比例せず、ノクシアの中の人殺人事件の捜査は、この一件をきっかけに大きく進展することになる。

7

「カサンドラ様、蚊帳《かや》の外においてごめん！」

席を立ってテーブルを回り込んできたセシリアが、申し訳なさそうな顔でカサンドラの手を握る。さきほどの余韻《よいん》が残っているのか、彼女の色白の顔は赤く火照《ほて》り、その目元には涙が浮かんでいる。こうして見れば、清純で可愛らしい少女だ。

一つ年下の彼女に対し、カサンドラは目を細めて微笑んだ。

「気にする必要などなに一つございませんわ。わたくしには事情の一端《いったん》しか分かりませんが、それでもセシリア様が大変な目に遭われたことは分かりますもの」

「カサンドラ様……好きっ！」

ぎゅっと抱きつかれた。

「セ、セシリア様？」

「なら、セシリアでいいよ。うぅん、カサンドラ様にはそう呼んで欲しい！」

「セシリア。わたくしもカサンドラでかまいませんわ」

「ありがとう、カサンドラちゃん！」

強く抱きしめられて、カサンドラは「カサンドラちゃん？」と目を白黒させる。だけど、彼女が憑依者で、実年齢《じつねんれい》は年上であることに気付き「仕方ないですわね」と目を細めた。

『これはてぇてぇ』

『推《お》しと推しが抱き合ってる、だと？　……間に挟まれたい』

『おいおい、てぇてぇは離《はな》れて見守るのがマナーだぞ？』

『そうですよ。間に挟まれるのは重罪です。……というか、馬鹿なコメントしてないで仕事してください。ディナーはフルコースですからね』

『そんなー』

そんなコメントを眺《なが》めていると、カサンドラに抱きついていたセシリアもまた、顔だけをウィンドウへと向け、コメントを確認してから次はカメラへと向き直った。

「ねぇねぇキミ達、知ってる？　カサンドラちゃんって見た目が可愛いだけじゃなくて、薔薇《ばら》のような香《かお》りがするんだよ。あと……意外と着痩《きや》せしてるかも？　すっごく柔らかい」

『**なん、だと……（ゴクリ）**』

『**そこのところ詳しく！**』

「ふふんっ、羨ましい？　キミ達はこっちに来られないもんね。羨ましかったら貴方達も転生するといいよ――はさすがにまずいか。死ぬ人が出たら大変だもの」

セシリアは急に我に返ったように声のトーンを落とした。ハイテンションなノリはノクシアとしての演技なのだろう。そのわりには楽しそうなので、半分以上は本音かもしれないが。

『**普通はあり得ないと言いたいが、実例があるとな（笑）**』

「ないから勘違いしちゃダメ。じゃなければ、今頃《いまごろ》この世界は転生者だらけだから。それに、この配信も見られなくなっちゃうんだからね？」

『**それなw**』

『**たしかに、仮に転生できたとしても、この光景に割って入れるわけじゃないしな（笑）**』

「分かったら、せいぜい私達のてぇてぇを羨んでいるといいよ。どうせリアルじゃ女の子に話し掛けられないんだし、キミ達にはそれで十分でしょ？」

『**急にメスガキをだしてくるやんw**』

『**御年《おんとし》2●歳なくせに（笑）**』

「こらぁ～！　実年齢をバラすのはマナー違反だよ！　それに、二十代の私は前世の私。いまの私はセシリア十四歳なんだからね？」

『**中の人が転生してるからなw**』

「そうそう……っていうか、また話が逸れた。とにかく、キミ達は私とカサンドラちゃんのてぇてぇを見て我慢するんだよ」

『**はーい**』

了承《りょうしょう》のコメントがいくつも流れた。それを見届けたセシリアはようやくカサンドラを解放して
「また置いてきぼりでごめんね？」と謝罪する。

けれど、カサンドラは目を輝かせていた。

「セシリア、すごいですわ！　リスナーがこんなにはしゃいでいるのは初めて見ました！　わたくしにも、セシリアのようにリスナーを喜ばすことが出来ますでしょうか？」

「あはは、カサンドラちゃんもすっかりＶＴｕｂｅｒだね。いや、この場合はＶｉｒｔｕａｌじゃないし、異世界は英語で……Ｉｓｅｋａｉ？　じゃあＩＴｕｂｅｒだね！」

「ＩＴｕｂｅｒですか？」

「そうそう。あいちゅーばー。響き的にもいいでしょう？　という訳で、挨拶とリスナーの名前を決めないとだね」

「挨拶と名前……」

配信自体にはずいぶんと慣れたカサンドラだが、異世界にいる彼女は他の配信を見たことがない。

その辺りピンときていなかったのだが、リスナーは盛り上がる。

『**名前とかなかったから助かるーっ**』

『挨拶はいるのか？　ずっと配信してるんだぞ？』

『まぁでも、あった方がいいんじゃないか？　朝起きたときとか』

『ガチの寝起きで寝ぼけた挨拶、想像しただけで草生えるｗ』

『リスナーの名前って〝お嬢様の破滅を見守り隊〟じゃないの？』

「わたくしは破滅しませんわよ⁉」

即座に反論すれば、笑いを意味するコメントがあふれかえった。

「カサンドラちゃんは愛されてるねぇ」

「……愛？　わたくしが？　そうでしょうか……」

セシリアのからかいに、けれどカサンドラは少しだけ物憂《ものう》げな表情を浮かべた。両親を早くに失い、兄からもあまりかまってもらえない。

そんなカサンドラにとって、リスナーは思いのほか大きな存在になっていた。

「カサンドラちゃん？」

「いえ、なんでもありませんわ。それより挨拶でしたわね。といっても、普通に挨拶するわけではなく、セシリアがしたような挨拶ですわよね？　……セシリアがしたような挨拶……？」

目元でピースをしながら「こんやみ～」と言っている自分を想像して遠い目になった。そんなカサンドラの様子から色々察したリスナーが笑う。

『無理するなｗ』

『あれをリアルでするのは相当な覚悟《かくご》がいるぞ（笑）』

「ちょっとみんな、どういう意味？」

セシリアが異論を唱えるが、カサンドラもリスナーに同意見だ。

「たしかにセシリアの挨拶は独創的ですよね」

「カサンドラちゃん⁉」

「いいえ、決しておかしいと言っているわけではなく、わたくしには真似《まね》が出来そうにないなと。だから、その……挨拶はしばらく考えておきますわね」

カサンドラはふいっと視線を逸らし、問題を先送りにした。セシリアがなにか言いたそうにしているがあえて藪《やぶ》を突《つつ》いたりはしない。

「それと、リスナーの皆さんの呼称《こしょう》はなにがいいでしょう？　あ、もちろん、わたくしが破滅するとか、そういうの以外で、ですわよ？」

『じゃあ、破滅を見守り隊』

『破滅令嬢のしもべ』

『破滅の従者』

釘を刺したというのに、コメントにはそれらの意見があふれかえる。

「ぶっとばしますわよ？」

『ぜひお願いします！』

カサンドラは溜め息を吐いて、他にないんですかと問い掛けた。

『真面目に考えると、なんとかメイトとか、フレンズとか、あとは……親衛隊とか？』

「フレンズ……友達、ですか。……友達はいかがでしょう？　私の友達」

何気ない一言。だけど、それはリスナーにとっては少し意外な言葉だった。

『え、それ本気？』

『俺らが、カサンドラお嬢様の……友達？』

戸惑うコメントが散見した。セシリアもカサンドラちゃん？　と少し驚いているが、カサンドラはそれに気付いた風もなく続ける。

「ご存じのように、わたくしには両親がおりません。お兄様も、最近はわたくしを思っていてくださることを知りましたが、忙《いそが》しくしていて構っていただけませんでした。お兄様に愛されていると知ったのは、皆さんが教えてくださったからですわ」

その言葉に、『リズの件もあったしな……』といったコメントが流れる。

「でも、リスナーの皆さんが現れて、わたくしは寂《さび》しくなくなりました。皆さんがいてくれるから、わたくしは原作の悪役令嬢のように悪の道を歩まずにいられます。だから……」

カサンドラはそこで言葉を切って、カメラに向かって幸せそうな笑みを浮かべた。

「皆さんは、わたくしの大切なお友達ですわ」

コメントが途《と》切《ぎ》れ、次の瞬間――

『うおおおおおおおおぉぉおおおおぉぉっ!?』

『俺も、俺もカサンドラお嬢様のこと友達だと思ってる！』

「カサンドラちゃん、私もお友達だからね！」

数え切れないほどのコメントが流れ、セシリアもそれに追随《ついずい》する。

そして、カサンドラは「はい」と愛らしい笑顔で頷いた。それは、悪役令嬢のカサンドラが浮かべた、いままでで一番、無邪気で無防備な笑顔。

・チャンネル登録者数が1，000，000を超《こ》えました。
・配信スキルのレベルが5になりました。
・ショップのラインナップが更新されました。

コメントの勢いが収まらぬ中、ウィンドウのコメント欄とは別の場所にメッセージが表示される。

それにいち早く気付いたのはセシリアだった。

「カサンドラちゃん、このショップってなに？」

「あぁ、そういえば話していませんでしたわね」

スパチャで異世界の商品が買えることを打ち明けた。

「えええええ、そんなことが出来るの？　すごい！　見たい！」

リスナーに『**語彙力《ごいりょく》w**』と突っ込まれながらも、ショップのラインナップを見せて欲しいとせがんでくる。セシリアに従ってショップを開くと、こんな一文が目に入った。


【限定】配信セット【販売《はんばい》】

8

「配信セット？　もしかして、私もITuberになれる⁉」

セシリアが興奮した様子で詳細表示《しょうさいひょうじ》を促《うなが》してくる。

その勢いに気圧《けお》されて表示すると、『**異世界へ配信するためのスキルセット。一日に決められた時間だけ配信することが出来る**』という注釈《ちゅうしゃく》が書かれていた。

「うわ、すごい！　一日に決められた時間しか配信できないのが少しネックだけど、本当に配信できそうだよ！」

「……え？　配信しない時間があるって、それはとても利点なのでは……？」

強制で二十四時間配信が垂れ流しになっているカサンドラは真逆の感想を口にした。

『**ワロタｗ**』

『**二十四時間強制配信よりは、配信できる時間に制限がある方がいいかもな（笑**』

『**いつか、うっかり着替えとか映さないかと期――いや、心配してる**』

『**通報しました**』

『**そんなーっ**』

そんなコメントを眺めていると、セシリアがずいっと迫《せま》ってきた。

「セシリア？」

「カサンドラちゃん、お願い！　その配信セット、私にちょうだい！　もし買ってくれるならなんでもするから！」

珍《めずら》しく必死な面持《おもも》ちで懇願《こんがん》してくる。

出来れば叶《かな》えてあげたいと、カサンドラは配信セットの値段を確認する。かなりの高額で、スパチャの収入が増えているいまでもようやくといった金額だった。

侯爵令嬢であるカサンドラに買えないものはないと言っても過言じゃない。だが、そんなカサンドラにも、スパチャの収入でしか購入《こうにゅう》できないショップの商品だけは自由に出来ない。

カサンドラにとって、スパチャの収益は特別価値のある財産だ。

しかも、配信セットは限定で在庫が一つしかないと書かれている。それがどれだけ貴重なものなのかは考えるまでもない。

だけど――と、カサンドラはセシリアとコメントに目を向ける。

『ん？　いまなんでもするって……』

「言ったよ！　もう一度配信が出来るならなんでもする！　でも、それはあなた達に対してじゃないからね？　私がなんでもするのはカサンドラちゃんにだけ、残念だったねっ！」

『唐突《とうとつ》なメスガキムーブが草なんよw』

セシリアがとても楽しそうだ。もとから天真爛漫《てんしんらんまん》な性格ではあったが、配信について知ってからは水を得た魚のようだ。

リスナーに救われたカサンドラは、その気持ちが少しだけ分かった。だから――と、カサンドラはその配信セットを購入する。次の瞬間、テーブルの上に段ボールが出現した。

「……え、カサンドラちゃん？」

「セシリアにプレゼントですわ！」

「カサンドラちゃん——好きっ！」

今度は彼女の胸に抱き寄せられる。

幼くして両親を失ったカサンドラは、母親に抱きしめられるというのはこういう気持ちなんだろうかと真面目に考え——すぐにカメラの存在を思い出して恥ずかしくなった。

セシリアの身体を押して引《ひ》き剥《は》がす。

「も、もう、息苦しいですわよ！」

「あっ、あはは……ごめんね。あまりに嬉《うれ》しくて」

謝ってはいるが、その興奮は覚めやらぬ様子。カサンドラはそっぽを向いて、「早く開封《かいふう》したらいかがですか？」と素っ気なく言い放った。

「あはっ、そうさせてもらうね！」

セシリアはそう言って丁寧に梱包《こんぽう》を解いた。中に入っていたのは台座に載《の》った淡《あわ》い光を纏う半透《はんとう》明《めい》の球体である。

「スキルオーブですわね」

「……スキルオーブ？」

「手の平をおいてください。使用を念じれば、スキルを獲得《かくとく》できるはずですわ」

「えっと……こうかな？」

セシリアが指示に従えば、スキルオーブが強い光を放った。そうしてその光が消えたとき、もとから纏っていた淡い光が消えていた。

「それでスキルを習得できたはずです。使い方も自然と分かるはずです」

「ええっと……あ、本当だ！」

セシリアが虚空に視線を向ける。そこにはカサンドラのと同じウィンドウが浮かんでいた。少し離れた場所には、カメラも浮かんでいる。

「わたくしにも見えますわね。もしや、そちらのセットは誰にでも見えるのでしょうか？」

もしそうなら結構厄介《やっかい》なのでは？　と、カサンドラは独りごちた。

「ちょっと待ってね。規約とか説明があるみたいだから」

「……規約？」

そんなのあったでしょうかと首を傾げるカサンドラのまえで、セシリアはウィンドウを操作していく。そうして、ウィンドウに規約条項《きやくじょうこう》を表示した。

それに目を通した彼女は、なるほど、なるほどと頷いて、ほどなくして顔を上げる。

「カサンドラちゃんに見えるのは、配信スキルをくれた人だからみたいだね。普通の人には見えなくて、コラボ機能をオンにしたら、同業者には見える仕様みたい」

「読むのが速いですわね」

「基本的なところはＶＴｕｂｅｒのときと同じだったからね」

断言する姿が頼もしい。

「あ、あの、わたくしにもその規約を教えてくださいますか？」

「ん？　あぁ、いいよ。ええっとね。私達が気を付けなきゃいけないのはコンプライアンスの中でもセンシティブな表現だね。これを故意に破るとスキルが消滅するらしいから」

「そうなんですの⁉」

配信が出来なくなる可能性があると知って目を見張る。

もちろん、コメントにも動揺が走っている。

「安心して。故意じゃなければ、数日間の配信停止とかで済むみたいだから」

「そう、なんですね。でも、そんな規約があるなんて知りませんでした。ちゃんと確認しておきたいので、どうやって見ればいいか教えてくださいますか？」

「もちろん。ええっと、ここをタップして、次はここだよ」

セシリアに言われたとおりに、自分のウィンドウを操作する。

すると規約という部分が表示された。そこに書かれているのは、スパチャには手数料が発生し、その割合は国によって異なるといった内容で、カサンドラにはあまり関係がなかった。

だが一点だけ、セシリアに聞かされた部分で気になる項目を見つけた。

「コンプライアンスに抵触《ていしょく》する行為の禁止。センシティブな表現は分かりますが……恋愛《れんあい》、婚約、結婚の禁止ってなんですの？」

「え、それホント？　私の方には配慮《はいりょ》しろとしか書かれてなかったけど」

セシリアが目を瞬《またた》いて、カサンドラのウィンドウを覗き込んでくる。

そして――

「うわっ、本当だ！　恋愛禁止って書いてある！」

セシリアが驚きの声を上げた。

『え、どうしてそこまで驚いてるんだ？』

『Vが恋人禁止は当たり前だろ？』

『ガチ恋勢は帰ってどうぞ』

『有名な企業《きぎよう》でも、恋愛は禁止してないと発表しているところもあるわよ。もちろん、ファンに配慮するようには言われるみたいだけど』

『ノクシアが所属してた〝かなこな〟もそうだったよな』

『そういや、セシリアの方には、恋愛禁止って書いてないんだよな？　もしかして、かなこなの規約がそのまま、そっちでも適用されてるのか？』

コメントに質問が続く。カサンドラの方の規約を確認していたセシリアがほどなくして顔を上げ、それからコメントに視線を向けた。

「カサンドラちゃんが恋愛禁止なのは、二十四時間垂れ流し配信だから、だって」

セシリアが理由を口にするが、カサンドラはキョトンとなった。同じようにコメントにもクエスチョンマークが飛び交うが、しばらくして『そういうことか！』という声が上がった。

『配信が決まった時間しかしなければ、私生活を隠すのは難しくない。配信中に、恋人を匂《にお》わすような発言をしなければいいんだからな。だけど――』

『あああっ、そっか！　二十四時間配信だと配慮もなにもないもんな』

『なっとくだわ。夜に彼氏《かれし》が訪ねてきて、カメラが一時間ほど外に出される……とか、想像したら、ガチ恋勢じゃなくてもヤバいってのは分かる』

『たしかに、やばい性癖《せいへき》に目覚めそうだなｗ』

『じゃあカサンドラお嬢様に恋人とか婚約者が出来たら、この配信は終わっちゃうの？』

何気ないコメントだった。

だが、それを見た誰もが息を吞んだ。カサンドラにとってリスナーの存在が大きくなっているように、二十四時間配信は多くのリスナーにとって、生活の一部になっている。

だけど、それでも――

『それは、そう、なるだろうな……』

『カサンドラお嬢様の生き様をみて、恋愛をするな、とは……』

最初に表示されたのは、カサンドラの幸せを願う言葉だった。もちろん、最初の言葉がそれだったというだけで、すぐに配信が終わって欲しくないという言葉であふれかえる。

『カサンドラお嬢様、これからも配信を続けてくれ！』

『お嬢様には幸せになって欲しいけど、でも、終わって欲しくないよ！』

『そうだ！　俺にとってはこの配信が生きがいなんだ！』

『おまえら……気持ちは分かるけど、でも、俺ももっと配信が見たい！』

カサンドラの配信継続《けいぞく》を望む声。それは、カサンドラを愛する人々の願い。両親を早くに失い、愛情に飢えて育ったカサンドラにとって、それは胸に響く言葉だった。

カサンドラは「安心してください」とカメラに微笑みかける。

「彼との婚約はわたくしにとっての破滅です。だから、わたくしがローレンス王太子と結ばれるなんてことはありませんわ」

カサンドラの決断に多くのリスナーが喜んだ。だけど一部の者は、彼女の言葉の裏に隠された想いに気付いて胸を痛める。カサンドラがいまもローレンス王太子に想いを寄せていて、だけど叶わぬ願いだと諦めようとしている気持ちが伝わってきたから。

そして——

「大丈夫、カサンドラちゃんは私が幸せにするから！」

セシリアがカサンドラをぎゅっと抱きしめた。

『これはてぇてぇ』

『ノクシアは何処まで本気なんだ？』

『ナイスフォローって言いたいけど、百合《ゆり》も恋愛に含まれるのでは？（笑）』

コメントの一つを見たセシリアが目を見張った。

「女の子同士のてぇてぇと百合恋愛は違うよ！　ってか、運営はてぇてぇが見たくないって言うの!?　リスナーのみんなだって望んでるはずだよ！　規約の変更《へんこう》を要求するよ！」

セシリアが叫《さけ》べば、ピコンとメッセージが表示された。

「……てぇてぇは正義、ゆえにセーフ！　と、書いてありますわ」

「さすが、分かってる！」

セシリアが歓声《かんせい》を上げた。

『対応が早いw』

『いやいやいや、運営も配信を見てるのかよ！』

『ってか、この運営ってなに？　神様？』

『なんにしても優秀《ゆうしゅう》だな（笑）』

コメントも大いに盛り上がる。カサンドラはそれらを眺めながら「ところで、百合ってなんでしょう？」と小首を傾げた。

9

聖女は憑依者で、前世はノクシアというＶＴｕｂｅｒだった。ただし、この世界が乙女ゲームをもとにした世界だということは知らなかった。

付け加えるのなら、人懐《ひとなつ》っこい性格でカサンドラを気に入っているため、彼女自身がカサンドラを破滅に追いやることはないだろう。

カサンドラが破滅回避をして、幸せを手に入れる計画は大きく前進した。ただし、カサンドラが誰かと恋仲になれば、配信スキルが失われるという新たな問題が浮上《ふじょう》した。

カサンドラはいつか、大きな選択《せんたく》をしなければいけない。そんな想いを抱きながらも、カサンドラは今日も実況《じっきょう》を開始する。

「お友達の皆さん、おはようございますですわーっ！」

『おはよう』

『おはようございますですわーっ』

朝食を摂《と》ったあと、リスナーあらため、お友達に向かって挨拶をする。それは、セシリアの影響を受けたカサンドラが始めたルーティーン。

続けてカメラに向かって笑顔を振りまき、今日の予定を告げる。この数ヶ月で、カサンドラはすっかり配信に慣れていた。

「今日は街の視察に向かう予定ですわ。ですのでお友達の皆さん、どうか今日もわたくしに知恵《ちえ》をお貸しください。わたくしの破滅を回避するためにも！」

『カサンドラお嬢様、ここ数ヶ月ですっかり配信にも慣れてきたな』

「お友達の皆さんのおかげですわっ！　もちろん、スラム街の改革が上手《うま》く進んでいるのも。先日はお兄様からお褒めの言葉をいただいたんですわよ？」

『見た見た。カサンドラお嬢様、むちゃくちゃ嬉しそうだったよな』

「う、うるさいですわよ」

『ツン入りましたーっ』

「わたくしのこと、ツンデレ呼ばわりは止めなさいって言ってるでしょ⁉」

こうして朝の実況を終え――といっても、配信はそのままなのだが、カサンドラは侍女を呼んで朝の準備を始める。もちろん、着替え中はカメラを壁《かべ》に向けることも忘れない。

朝の準備を終えたカサンドラは、護衛や侍女を連れて視察に出掛ける。

「カサンドラ様、今日も視察に来てくださったのですか」

「ありがたや、ありがたや」

「カサンドラお嬢様、こんにちは～」

スラム街の比較的浅い地域。カサンドラの貢献《こうけん》を知っている住人達が話し掛けてくる。ここ数ヶ月で、彼女はすっかり住民達に慕《した》われていた。

「カサンドラ様～。――ひゃうっ」

こちらを向いて手を振っていた男の子が足元の小石に躓《つまず》いて転んでしまう。カサンドラはすぐにその男の子の元へと駆《か》け寄《よ》って、そっと手を差し伸べた。

「ボク、大丈夫？」

「あいたた……あ、カサンドラ様、ありがとうございます」

男の子は涙目になりながら、気丈にカサンドラの手を取って立ち上がる。その健気《けなげ》な姿を目にしたカサンドラはぽつりと一言。

「……やはり、道の整備は必須《ひっす》ですわね」

『すっかりいい子やん。悪役令嬢どこいった』

『カサンドラお嬢様、マジ天使』

『聖女より聖女をしてる件について（笑）』

「皆さん、うるさいですわよーっ」

カサンドラは側《そば》に浮かんでいたカメラを引き寄せて囁《ささや》きかける。周囲に人がいるときに、怪しまれずにリスナーに話し掛ける方法として、カサンドラが思い付いた手段だ。

ちなみに、リスナーには耳元で囁かれるＡＳＭＲのような声が最高と大好評である。その声に、リスナーは自重するどころか会話を弾《はず》ませる。

『聖女は配信とカサンドラお嬢様に夢中だしな』

『そういや、ノクシアがルミエお姉様や家族と再会したのは感動した』

『あーあれな、俺もむちゃくちゃ泣いた』

どうやら、セシリアの話題で盛り上がっているらしい。

ＶＴｕｂｅｒのコメント欄であれば、他の配信者の名前を出すのはマナー違反だ。だが、カサンドラの二十四時間垂れ流し配信では雑談をする者達も珍しくはない。

内容的にも問題ないと判断し、カサンドラは好きにさせることにした。そうしてコメントから目を離し、カサンドラは転んだ子供へと向き直る。

「それじゃ、もう転ばないように気を付けなさいね」

「ありがとう――じゃなくて、ボク、カサンドラ様に話があるんだ！」

「話、ですか？」

「うん。さっき身なりのいいお兄ちゃんが路地裏の奥《おく》に入って行ったんだけど、その後を怪しい奴らが追い掛けていったんだ！」

「……怪しい奴ら、ですか」

カサンドラが視察をしているのはスラム街の浅い場所だ。以前と比べればずいぶんと治安がよくなったとはいえ、少し奥へ足を踏《ふ》み入《い》れれば治安は一気に悪くなる。

身なりのよい青年が紛《まぎ》れ込《こ》んだのなら、たちまちにカモにされることだろう。

「よく知らせてくれましたね」

カサンドラは立ち上がって、護衛のウォルターに付いてきなさいと声を掛ける。

「危険です、カサンドラお嬢様。確認なら我らがいたします」

「いいえ、スラムの闇がどうなっているのか、自分の目で確かめたいのです」

「しかし、この大所帯で行動を起こすのは……」

ウォルターが向けたのはカサンドラの背後。

そこには侍女のエリスと、カサンドラの補佐役を務める文官のリリスティア。その他に、見習いとして同行しているセレナ、リク、ユナの姿がある。

対して護衛の騎士はウォルターを含めても三人しかいない。このメンツで厄介事に首を突っ込めば、カサンドラはともかく、他の者が危ないのは事実だ。

「では、後を追うのはわたくしとウォルターのみ。残りはここに待機です」

それ以上は譲《ゆず》らない。そんなカサンドラの意思が通じたのだろう。ウォルターは溜め息交じりにかしこまりましたと頷いた。

そうして、カサンドラはスラム街の奥へと足を踏み入れる。

『これが俗《ぞく》にいうスラム街か……』

『初見です。これ、何処の国ですか？』

『国というか、乙女ゲームを基《もと》にした異世界。定期』

『カサンドラお嬢様、気を付けてっ！』

コメント欄を横目に、カサンドラはずんずんと路地裏を進む。ほどなくすると、ガラの悪い声が聞こえてきた。いままさに誰かを強請《ゆす》っている、そんな声だ。

カサンドラがウォルターに目配せをすれば、彼は頷き先行する。ほどなく、角を曲がったウォルターの「おまえ達、そこでなにをやっている！」と声が響いた。

蜘蛛《くも》の子《こ》を散らすような声。

カサンドラが遅《おく》れて足を運べば、そこには一人の青年がたたずんでいた。ブラウンの髪と瞳。この国では平凡《へいぼん》な見た目ながら、そのたたずまいには何処か気品が感じられる。

「そこの貴方、怪我《けが》は……なさそうですわね」

不幸中の幸いというべきか、青年は危害を加えられるまえだったようだ。腕《うで》に自信でもあったのか、彼は特別怯《おび》えている様子はない。けれど、カサンドラの姿を見て目を見張る。

「おま――っ。いや、貴女のようなご令嬢がなぜこのような場所に？」

「貴様――」

ウォルターが彼の無礼を咎《とが》めようと一歩を踏み出すが、そこにカサンドラが割って入る。

「ウォルター、止めなさい。彼も戸惑っているのでしょう。貴方も怪我はないようですが、スラム街にそのような身なりで足を踏み入れるのは感心いたしませんわ」

カサンドラの言葉に、男はハッと我に返るような素振《そぶ》りを見せた。

「カサンドラお嬢様、感謝の言葉が遅れたことを謝罪いたします。私の名前はロー。危ないところを救っていただき感謝いたします」

「まあ、わたくしをご存じなのですか？」

カサンドラが驚けば、彼は少し苦笑いを浮かべた。

「もちろん。スラム街の人々に手を差し伸べていると噂になっていますよ」

「貴族の娘らしからぬ——とでも言われているのでしょうね」

「……そうですね。ですが、俺は素晴《すば》らしいと思います」

「あ、ありがとうございます」

少しだけ照れくさそうに視線を逸らす。

その先でウォルターと目があった。

「——カサンドラお嬢様、この場での立ち話は危険です」

「そうですわね。ではローさん、安全な場所までお送りするのでついてきてください」

ローと名乗った青年をスラム街の外まで送ることにする。

そうして歩きながら、ローといくつかの話をする。彼は貴族の家を出た三男で、商売をするために見聞を広めている最中だそうだ。

「見聞を広めるのは分かりますが、それでなぜスラムに？」

「このスラムで、面白い試みがあると噂を聞きまして」

「面白い試み、ですか」

それがカサンドラの改革を示していることは明らかだ。ただし、その面白いというのが、どういう意味か分からない。その真意を探ろうとするとローがふっと笑った。

「少しこの辺りを歩きましたが、スラム街と思えないほど道行く人々に活気があります。貴女の事業が成功するかどうかはまだ分かりませんが、彼らの希望であるのは間違いがない」

「まあ、ありがとうございます」

カサンドラが破顔する。

そうして照れる彼女に向かって、ローは少しだけ目を細めた。

「しかし、侯爵家のご令嬢が、本当にスラム街を視察しているとは思いませんでした」

「あら、噂を聞いたのではなかったのですか？」

「聞きましたが……」

話題作りで自ら流した噂だとでも思っていたのだろう。

カサンドラは小さく微笑んだ。

「やはり、噂だけでは判断できないこともありますから。ですから、スラム街の人々がどのような生活をしているか、自分の目で確認したいと思ったのです」

「それは……本気でおっしゃっているのですか？」

隣《となり》を歩くローが目を細めた。

「わたくし、この数ヶ月で学んだことがありますの。自分はまだまだ未熟で、だからこそ、伝聞では分からないこともたくさんあるのだと」

「だから、自分の目でたしかめようと？　それは、侯爵家の娘がすることなのですか？」

「エクリプス侯爵領の民を幸せにするのは、わたくし自身のためでもありますもの」

それこそが、自分が破滅を回避するための鍵だから——とは口に出さない。けれど、明らかに出会ったばかりの相手に対して話しすぎだ。

カサンドラ自身それを自覚していたが、なぜかローが相手だと警戒心が薄れてしまう。

（不思議ですわね。初めて会ったはずなのにそんな気がしませんわ）

ローの横顔を見上げていると、視線に気付いた彼が微笑んだ。カサンドラは慌てて視線を逸らし、自分の平常心を取り戻すことに努める。

そうしてスラムの表通りへと戻り、エリス達と合流した。お付き達はカサンドラの隣に並び立つローを見てなにかを言いかけるが、カサンドラはそれを遮《さえぎ》った。

「ローさん、もう少し安全な場所までお送りいたしますわ」

「……よろしいのですか？」

彼は一瞬、カサンドラの従者に視線を向けた。

「かまいません。それより、お送りするあいだ、貴方が見たこの町の感想を教えてください」

「それくらいなら、喜んで」

こうして、カサンドラはローを連れてスラム街の外へと向かう。その道すがら、通りかかった人々がカサンドラに挨拶をする。それを目にしていたローが感心した。

「カサンドラお嬢様は、領民に愛されているのですね」

「そうでしょうか？　もしそうなら嬉しいですわ」

本当に幸せそうに笑う。

「……聖女」

「聖女が、どうかしましたか？」

「あぁいえ、噂に聞く聖女のようだな、と」

「あら、聖女様はわたくしより素敵な方ですわよ？」

セシリアのことを思い出してふわりと笑う。だが、しばらく待っても反応がない。「ローさん？」と問い掛ければ、彼はハッと我に返ったように口を開いた。

「貴女がそのように考えているのなら、エクリプス侯爵領の未来は明るいですね」

「あら、他の領地の未来は暗いような物言いですわね？」

「……そう、ですね。この国は平和が長く続き過ぎました。いまはまだ表面化していませんが、あちこちで腐敗が進んでいます」

わりと危険な発言だ。だが、ローがこの国の未来を憂《うれ》いていることは、その言葉の端々《はしばし》から感じられたため、カサンドラは言及《げんきゅう》しなかった。

代わりに、ローに向かってもう一度微笑みかけた。

「心配ありませんわ。この国の未来はきっとよくなります」

自信満々に言うと、ローの探《さぐ》るような瞳がカサンドラを捉える。

「……それは、なぜですか？」

「わたくし、ローレンス王太子殿下のことを信じておりますの」

子供が宝物を自慢するように無邪気な微笑み。八年前、ローレンス王太子はカサンドラに対し、いつか立派な王になると約束した。

カサンドラはその言葉を信じている。

事実、彼は王太子としてたゆまぬ努力をしている。カサンドラがローレンス王太子に憧《あこが》れていたのは伊達《だて》ではない。彼の噂には常に耳を傾《かたむ》けていた。

だからこそ、彼が既に立派な王太子であることをカサンドラは知っている。たとえ原作の彼がカサンドラを捨てるのだとしても、その事実だけは変わりない。

ローレンスが国王になれば、必ずこの国はよりよい方向に進むだろう。

なんて口にすれば、現国王に対する批判になってしまうので口に出すことは出来ないけれど。それでも、聞く人が聞けば、カサンドラの想いは伝わったはずだ。

彼はどうだろうと視線を向ければ、ローはそっぽを向いていた。

「……ローさん？」

「……いえ、なんでもありません」

「そう、ですか……？」

小首をかしげたカサンドラの視界にコメントが目に入った。

『カサンドラお嬢様、立派になったよな。彼女が悪役令嬢だなんて、いまは誰も信じないだろ。むしろ、聖女と言われた方が信じるレベルだ』

『というか、この男、なんか怪しくないか？』

『俺も思ってた。けど、原作で見覚えはないんだよな』

『わりとどこにでもいそうな顔だけどな』

『それより俺は、カサンドラお嬢様の警戒心が少ないことが気になる』

『元貴族って話だし、親族とかがパーティーに出席してたのかもな』

コメントを横目に、カサンドラは無言になったローをスラム街の外まで送り届けた。

——とまあそんな出来事はあったけれど、スラム街の改革は順調だった。

もちろん、すべてが、という訳ではない。それでも、この調子で改革を進めれば、飢饉《ききん》や疫病《えきびょう》の被害《ひがい》は抑えられそう、という程度の実感はある。

カサンドラが破滅したり、エクリプス侯爵領が没落《ぼつらく》する可能性は低いだろう。そう思っていたある日、ローレンス王太子から名指しで王都に呼び出された。

「……なぜですの？」

エピソード4　侯爵令嬢《こうしやくれいじよう》はフラグを回収する

1

聖女がこの地に来てから数ヶ月が過ぎ、そのあいだに様々なことがあった。

配信スキルを得たセシリアは配信を始め、瞬く間《またたくま》にチャンネル登録者数が百万を超《こ》えるITuberとなった。さすがはもと新鋭《しんえい》VTuberといったところだろう。

付け加えるなら、リアル異世界転生者ということで大きな話題となり、前世のセシリアを殺した犯人が逮捕《たいほ》されたり、前世の先輩《せんぱい》Vと涙《なみだ》の再会をしたりと、色々とあったらしい。

そんなセシリアと、カサンドラは積極的にコラボをしている。二人でティーパーティーをしているだけなのだが、リスナーにはてぇてぇと好評のようだ。

ただ、そのティータイムはカサンドラにとっても非常に有益なものだ。スラム街の改革について、異世界の知識を持つセシリアに相談することが出来たから。

セシリアが関わることで、スラム街の改革は大きく進んでいる。

さすがにトウモロコシの収穫《しゆうかく》はまだ先だけど、スラムのインフラは急ピッチで改善されつつあるし、畜産業《ちくさんぎよう》も準備は整いつつある。

一番大きいのは、スラム街で暮らす人々がまえを向くようになったことだ。今までは下を向き、惰《だ》性的《せいてき》に生きていた彼《かれ》らが希望を抱《いだ》くようになった。

だから、カサンドラは自らの破滅《はめつ》の運命を打ち破れると思い始めた。そうして、カサンドラは今日も元気に配信を始める。

「おはようございますお友達《ともだち》の皆《みな》さん。今日も異世界配信をやっていきますわ！」

朝の準備を終えたカサンドラは、カメラに向かって挨拶《あいさつ》をする。

「昨日に引き続き、今日もスラム街の改革について考えますわ！　……といっても、皆さんのおかげで、最近はびっくりするくらい順調なんですよね。この調子なら、わたくしは破滅することもなく、エクリプス侯爵領が没落《ぼつらく》することもなさそうですわ！」

心からの言葉だった。

実際、兄のレスターからの評価も高く、スラム街の人々の暮らしもよくなっている。結果が出るのはまだ先の話だが、それでも期待させるだけの実績がある。

カサンドラがそう思うのも無理はない話だったのだが――

『あーw』

『フラグたてたw』

『やっちまったなぁ（笑）』

『カサンドラお嬢様……どんまい』

なぜか否定的なコメントが多く流れた。

「……皆さん、どうかしましたか？」

こてりと首を傾《かし》げていると、部屋の扉《とびら》がノックされた。

『**ホントに来た（笑）**』

『**これは、高速フラグ回収の予感w**』

不穏《ふおん》なコメントを横目に、カサンドラはノックの主に入室を許可した。部屋にやってきたのは侍《じ》女《じょ》のエリスで、彼女《かのじょ》はトレイの上に手紙を載《の》せていた。

その高級感あふれる手紙の封蝋《ふうろう》には見覚えがある。

「王太子殿下《おうたいしでんか》より招待状が届いております」

カサンドラはエリスの顔を見て、それから手紙へと視線を戻《もど》した。最後にもう一度エリスへと視線を向けて、こてんと大きく首を傾《かたむ》ける。

「……なぜですの？」

『**フラグ回収きちゃあああああああああああっ！**』

困惑《こんわく》するカサンドラとは反対に、コメントはなぜか大盛り上がりだった。

（ローレンス王太子殿下がわたくしを招待？）

セシリアが憑依者《ひょういしゃ》ということで、彼がセシリアに恋《こい》をするという原作のストーリー展開から変わったかもしれない、というのは分かる。

だけど、だ。

ローレンス王太子が破滅の原因となり得る人物であることに変わりはない。カサンドラ自身も、彼への思いを制御《せいぎょ》できない可能性が高いと、出来るだけ関わらないようにしていた。

なのに、呼び出しを受ける理由が分からない。

なぜと混乱するカサンドラの視界に、いくつかのコメントが目に入った。

「……エリス、手紙を読むから下がりなさい」

そう命じてエリスが退出するのを確認《かくにん》、カメラへと視線を向けた。

「皆さん、やっぱりとはどういうことですの⁉」

そういったコメントがいくつか流れていたのだ。

その点について追及《ついきゅう》するが、リスナーから返ってくるのは困惑するようなコメントだ。

『あれ？　カサンドラお嬢様は知らなかったんだっけ？』

「ですから、なんのことかと聞いているじゃありませんか」

『なんでだ？　このコメントで話をしてたよな？』

『カサンドラお嬢様が寝《ね》てる時間だったからでしょ？』

『それだ！』

どうやら、カサンドラが寝ているあいだにコメントで話し合いがおこなわれていたらしい。それを理解したカサンドラは「一体どのような話をしていたのですか？」と問《と》い掛《か》ける。

『何度かスラム街に視察に行ってるだろ？　そのうちの何回目かは……忘れたけど、ローって名乗る青年と会ったのを覚えてるか？』

『あの青年が、魔導具《まどうぐ》で変装した王太子じゃないかって、話題になったのよ』

その話を聞いたカサンドラは思った。

「王太子殿下がお忍《しの》びでスラム街に足を運ぶはずないでしょう？」

しごく真っ当な意見、だけど——

『ワロタｗ』

『スラム街に視察に行く侯爵令嬢がなにを言ってるんだ（笑）』

『ってか、そういう設定があるのよ。魔導具で変装してお忍びで出掛けるって設定があるだけだから、あのローって青年がそうかは分からないけどね』

「あの方がローレンス王太子殿下……？」

言われて思い返すが、容姿から連想することは出来ない。ただ、妙《みょう》な親近感を覚えたという意味では、たしかに初対面ではなかった可能性はあるとカサンドラは思った。

「なら、どうして教えてくださらなかったんですか？」

『いや、さっきも言ったけど、俺《おれ》は話したつもりだったんだよ。それに、かもしれないと言ったけど、正直、本当にそうとは思ってなかった』

『私もそうね。ゲームやマンガだとそんなに登場人物が多くないから意味深なキャラが出てきたら分かるけど、現実だとすれ違《ちが》う人が多すぎて分かんないわよ』

これは、カサンドラの異世界配信が常時配信していることに起因する。カサンドラは毎日多くの人と接しているから、意味深な出会いをしたからと疑っていたら切りがないのだ。

だから、リスナーがいちいち報告しなかったのは理解できる。改めて考えても、あの青年が王太子の変装である可能性は低いだろう。

だが、その後に手紙が届いたことを考えると話は変わってくる。

「……まさか、本当に？　では、現行の体制を批判したと思われたのでしょうか？」

迂遠《うえん》な言い回しではあったが、王が替《か》わればこの国はよくなるという話をした。言《い》い換《か》えれば、いまの王の政治を批判したに等しい。彼がローレンス王太子だったのなら、カサンドラの発言はいかにも危《あや》うい。そう思って不安になるが、リスナーの反応は少し違っていた。

『これはもしかしたら、もしかするのかなぁ……？』

『いまのカサンドラお嬢様、聖女みたいだもんな』

『嫌《いや》だーっ、異世界配信、終わって欲《ほ》しくない！』

『おい、止《や》めろって。俺も同じ気持ちだけどさ。でも……』

『私達のために幸せを諦《あきら》めて、なんて、言えないわよ、ね』

『言ったら、ダメだよな……』

『そう、だよな。みんなで、決めたもんな』

『なあ、おまえら、なんの話をしてるんだ？』

『分からない奴《やつ》はまとめサイトを見てこい』

いままでも、リスナーの言葉は分からないことがあった。でも、今日のやりとりは今までの中でも一番分からない。

「……皆さん、どうしたのですか？」

心配になって問い掛ければ、僅《わず》かな沈黙《ちんもく》を挟《はさ》んでコメントが応じてくれた。

『いや、なんでもないよ』

『お嬢様は、思うようにしたらいいよ。きっと悪いことにはならないから』

『そうね、私もそう思うわ』

『私達、カサンドラお嬢様の幸せを願ってるから！』

いつもなら、リスナーは様々な意見を口にする。その中には相反する意見もあるはずなのに、今日ばかりは大丈夫《だいじょうぶ》の一点張りで、カサンドラはそれ以上の情報を得られなかった。

とにもかくにも、カサンドラは王都へと向かうことになる。

2

ローレンス王太子から招待状を受け取ったカサンドラは、転移陣《てんいじん》を使用して王都へと向かうことになった。その旅にセシリアが同行を申し出る。

「カサンドラちゃんが心配だから、私も侍女の振《ふ》りをしてついて行くよ！」

という訳で、セシリアを含《ふく》むカサンドラの一行は王都へと到着《とうちゃく》した。

王都にあるエクリプス侯爵家の屋敷《やしき》で一日過ごし、ドレスに着替《きが》えて馬車に乗《の》り込《こ》む。身《み》に纏《まと》うのは、スパチャの収益で買った、少しだけ大人びたデザインのドレス。

髪《かみ》の色に合わせたドレスを身に纏い、カサンドラは王城へと登城した。

身元の確認はおこなわれるが、エクリプス侯爵家の令嬢とその侍女達ということですぐに通された。そうして案内されるがままに、王城にある中庭へと足を運ぶ。

美しく手入れされた中庭を歩きながら、カサンドラはぽつりと呟《つぶや》いた。

「それにしても、なぜローレンス王太子殿下から招待状が届いたのでしょう？」

『まだ言ってるのかよｗ』

『スラム街のあれこれを考えたら、興味を持たれてもおかしくないだろ』

『カサンドラお嬢様が、もう大丈夫とかフラグを立てるから……』

『これが乙女《おとめ》ゲームの強制力か……』

『破滅への旅路』

「不吉《ふきつ》なことを言わないでくださいまし！」

カメラに向かって小声でツッコミながら中庭を歩く。

ほどなくして見えてきたのは、薔薇《ばら》の園《その》に囲まれた憩《いこ》いの場。お茶会の席が設けられたその場には、ローレンス王太子が腰掛《こしか》けていた。

カサンドラに気付いた彼が優《やさ》しげな眼差《まなざ》しを向けてくる。

「やあ、カサンドラ、今日はよく来てくれたね」

「ロ、ローレンス王子、お目に掛かれて光栄ですわ」

カサンドラが破滅する原因となる相手——だが、そう思っても恋心は消えてくれない。彼の笑顔《えがお》の出迎《でむか》えに対して、カサンドラは思わずくらりとなった。

（しっかりなさい、カサンドラ。彼に本気になったら火傷《やけど》じゃすみませんわよ！）

淡《あわ》い恋心を抱く相手。

原作では浮気《うわき》されると知ってなお、ここまで惹《ひ》かれる相手。そんな相手に本気になったうえで浮気されたら、確実に嫉妬《しっと》に狂《くる》う自信があった。

だからこそ、ローレンス王太子に心を奪《うば》われてはダメだと自分に言い聞かせる。

『カサンドラお嬢様、むちゃくちゃ揺《ゆ》れてるやんｗ』

『やっぱり、ローレンス王太子のことが好きなんだなぁ』

『うわあああ、俺のカサンドラお嬢様が寝取《ねと》られるうううううっ』

『ガチ恋勢は出荷《しゅっか》よ――っていつもなら言ってるけど……ほら、涙を拭《ふ》きなさいよ』

コメントが謎《なぞ》の盛り上がりを見せる中、王太子が席を勧《すす》めてくれる。それに従い、カサンドラは、丸テーブルを挟んで彼が座《すわ》る向かいの席に腰掛けた。

「それで、本日はどのようなご用件でしょうか？」

「ああ、実はおまえに話があってな」

彼の蒼《あお》い瞳《ひとみ》がカサンドラを捕《と》らえて放さない。淡い恋心に揺れる自分と、破滅の恐怖《きょうふ》に震《ふる》える自分。二つの異なる感情がせめぎ合い、カサンドラはどうしようもなく狼狽《うろた》えた。

（な、なんでしょう？　聖女の件は誤解が解けたはずですよね？　では、どうして呼び出されたのでしょう？　やはり、ローはローレンス王太子殿下だったのでしょうか？）

考えても埒《らち》があかない。カサンドラは紅茶を一口飲んで気持ちを落ち着け、ローレンス王太子をまっすぐに見つめた。

「恐《おそ》れながら、わたくしに、一体どのようなお話が？」

「そうだな。まどろっこしいのは嫌《きら》いだ。だから単刀直入に言うが、俺と婚約《こんやく》して欲しい」

「ふえっ⁉」

思わず可愛《かわい》らしい反応を零《こぼ》してしまう。

『カサンドラお嬢様の〝ふえっ⁉〟いただきました！』

『あああ、やっぱりか！』

『マジでカサンドラちゃんが寝取られちゃう⁉』

『ガチ恋勢は諦めろ。どうせ異世界じゃ手が届かない』

「う、うるさいですわよっ」

リスナーに突《つ》っ込《こ》む小声も震えている。リスナーとのやりとりという日常に触《ふ》れることで冷静さを取り戻そうとしたが、ローレンス王太子の視線を感じ、慌《あわ》てて正面へと向き直った。

「そ、その……わたくしに求婚なさっているように聞こえたのですが？」

「ああ、そう言ったつもりだ。まずは婚約から、だがな」

「そ、その、理由をお聞きしても？」

「そうだな。どこから話したものか……」

ローレンス王太子は少し考える素振《そぶ》りを見せた。そうして彼が語ったのは、いつかのローが語ったのと同じ内容。この国が徐々《じょじょ》に腐敗《ふはい》を始めているという話だった。

「……貧富の差が膨《ふく》らみすぎていますものね」

ある程度は必要なことだ。だが、なにごとにも限度はある。平和が長く続いたことで、私腹を肥やす者が増えてきた。その結果がスラム街に現れている。

「やはり気付いていたか」

「いえ、その……まぁ」

その話はリスナーから聞いて知っていた。だが、それはつまり、現国王の体制を批判するも同然だ。ローレンス王太子の言葉だからと肯定《こうてい》することはできない。

さりとて、ローレンス王太子の言葉を否定するわけにもいかず……カサンドラは曖昧《あいまい》に頷《うなず》いた。だが、ローレンス王太子は気にせずに言葉を続ける。

「そのため、この国には腐敗を取り除く新しい風が必要だ。俺は王太子として、共にこの国の腐敗に立ち向かい、新たな風を吹《ふ》き込《こ》む伴侶《はんりょ》を探していた」

「それは……理解できますわ」

だからこそ、彼は聖女であるヒロインに想《おも》いを寄せる――というのが原作のストーリー。

カサンドラはその話をリスナーから聞いて知っている。だからこそ、彼はなぜ自分に求婚しているのだろうと困惑する。

「ローレンス王太子殿下はその伴侶として、聖女を候補に入れていたのではありませんか？」

背後に控《ひか》える、侍女に扮《ふん》したセシリアがぴくりと身を震わせる。

ローレンス王太子はニヤリと笑った。

「さすがだな。俺――というか、父上があげた候補の中には聖女の名が一番にあった。あのままなら、俺は聖女に求婚することになっていただろう。だが――」

ローレンス王太子はそこで一度喋《しゃべ》るのを止め、言葉を探すように視線を揺らす。それから、意を決したようにカサンドラに視線を戻した。

「俺はおまえの事業が気になっていた。ゆえに俺は父上を説得した。自分の目で確認するために、エクリプス侯爵領へと視察に出向いたのだ」

「視察、ですか？　そのような報告は受けておりませんが」

「変装してのお忍びだったからな。だが予告はしたはずだ。そのうち様子を見に行くと、な」

リスナーの言葉を思い出し、カサンドラは思わず息を呑《の》んだ。

『あーやっぱりだよ！』

『ローって青年がローレンス王太子だったわけね』

『フラグ回収したあああああ！』

盛り上がるリスナーに指摘《してき》されながらも、心の何処《どこ》かで王太子がお忍びで視察などあり得ないと思っていたカサンドラだが、この状況《じょうきょう》で否定するほど頭は固くない。

「もしや、あのときの青年が……」

「やはり気付いていたか」

「気付く？　なんのことでしょう？」

「とぼける必要はない。あのとき、行く末を憂《うれ》う俺に言っただろう？　自分はローレンス王太子のことを信じているから、心配などしていない――と」

「――っ⁉」

思わず息を呑んだ。

「おまえは俺の正体に気付いたからこそ、あのような言葉を口にしたのだろう？」

「いえ、あの、その……」

「答えは聞くまでもなかったな。おまえがどれだけ聡明《そうめい》かはもはや明らかだ。その聡明なおまえが、変装に使った魔導具の痕跡《こんせき》に気付かないなどということはないだろう」

褒《ほ》められるのは嬉《うれ》しいが、その評価は誤解だと身悶《みもだ》える。

「い、いいえ、その……気付いていませんでした！」

ローレンス王太子に嘘《うそ》を吐《つ》くのが嫌だったカサンドラは素直《すなお》に白状する。それによって、ローレンス王太子に愛想《あいそ》を尽《つ》かされる可能性すら想像した。

けれど――

「では、あの言葉はお世辞ではなく本心、だと言うのか……？」

ローレンス王太子の顔がわずかに赤くなった。

カサンドラのあの言葉が、ローの正体に気付いた上でのお世辞ではなく、心からローレンス王太子を信頼《しんらい》していたがゆえに零れた本音だと気付いたからだ。

――と、それを理解したカサンドラの顔も赤くなる。

「い、いまのはそのっ、なんと言いますか……」

否定すれば、聡《さと》いカサンドラが、ローレンス王太子の変装に気付いて世辞を口にした、ということになる。だが肯定すれば、一途《いちず》なカサンドラが、ローレンス王太子の変装に気付かず、素で彼のことを信じていると口にした、ということになる。

どちらが恥《は》ずかしいかを考えたカサンドラは……

「じょ、冗談《じょうだん》ですわ。もちろん、ローレンス王太子殿下の変装ということは、ひと目見たときから気付いておりましたわよ？」

前者を選んだ。

『ワロタｗ』

『それはそれで、照れてるようにしか見えないんだが（笑）』

コメントにも散々な言われようである。

むろん、ローレンス王太子も気が付いている。

気まずさを覚えたカサンドラは慌ててまくし立てる。

「と、ところで、わたくしに求婚したというのは、その……スラム街の改革を認めてくださったから、ということでしょうか？」

「そうだな。他にも理由はあるが、それが大きな決め手であるのは事実だ」

「そ、そうですか……」

カサンドラは視線を彷徨《さまよ》わせ、それからカメラをひっつかみ、ローレンス王太子には聞こえないように、リスナーに語りかける。

「わたくし、破滅を避《さ》けるために、ローレンス王太子殿下に近付かないようにしていたんですわよ？　それなのにどうして、こんなことになっているんですの？」

『どうしてもなにも、あれだけ聖女みたいに振《ふ》る舞《ま》っていたら、目を付けられてもおかしくないだろ。原作の王太子が聖女を選んだのはシナリオだから、じゃないんだぞ』

『そうね。聖女が聖女として、必死にがんばっていたからよね』

『いまのカサンドラお嬢様みたいに、な』

「それは……」

カサンドラの行動がローレンス王太子の心を摑《つか》んだということだ。それに気付いたカサンドラは更《さら》に頰《ほお》を赤く染める。だが、はっと我に返って唇《くちびる》を嚙《か》んだ。

それから、責めるような上目遣《うわめづか》いをカメラへと向けた。

「皆さん、破滅を回避《かいひ》するには、王太子殿下との婚約の回避、それにスラム街の改革が必要だって言いましたわよね？」

『言ったな』

『言った』

『言った気がする』

「なのに、それが原因で求婚されるなんて、本末転倒《ほんまつてんとう》もいいところではありませんか！　さては皆さん、私を騙《だま》しましたわねっ⁉」

カサンドラの悲痛な叫《さけ》びが中庭に響《ひび》き渡《わた》った。

エピローグ

リスナーに対するカサンドラのツッコミは思いのほか大きく、薔薇《ばら》の園《その》に囲まれたお茶会の席に響《ひび》いた。それに気付いたカサンドラは青ざめて、急いで王太子に頭を下げる。

「し、失礼いたしました」

深く頭を下げたまま、さきほどのセリフについて思い返す。

カサンドラが声を大に叫《さけ》んだのは『それが原因で求婚《きゅうこん》されるなんて、本末転倒《ほんまつてんとう》もいいところではありませんか！　さては皆さん、私を騙《だま》しましたわねっ⁉』という部分。

（ど、どう考えてもアウトですわっ⁉）

誰《だれ》かの入《い》れ知恵《ぢえ》を受け、婚約を回避《かいひ》しようとして失敗した。それ以外に受け取りようがないセリフ。それを聞いたローレンス王太子がどう思うかを想像して冷《ひ》や汗《あせ》を流す。

「カサンドラ、いまのは――」

「い、いまのは、空耳ですわ！」

「……いや、たしかにカサンドラが叫ぶところを目撃《もくげき》したのだが？」

冷静に突《つ》っ込《こ》まれた。

カサンドラは目をぐるぐると回しながら、それでも言い訳を絞《しぼ》り出《だ》した。

「わ、わたくしが空耳ですわ！」

「……は？　おまえはなにを言っているんだ？」

「いえ、その……ローレンス王太子殿下《おうたいしでんか》に求婚されたことに動揺《どうよう》してしまったのですわ！」

「ふむ、そうか」

「はい、そうですわ！」

勢いで乗り切ろうとする。

無論、そんなことで誤魔化《ごまか》せるとは思っていなかったのだが――

「そうか、俺《おれ》の言葉に動揺してくれるのだな」

「～～～っ」

（この男はあぁぁあああぁぁぁぁぁあっ！）

声にならない悲鳴を上げて身を震《ふる》わせる。そうして過呼吸になっていると、侍女《じじょ》として同行していたセシリアが割って入る。

「恐《おそ》れ入《い》ります、ローレンス王太子殿下。カサンドラちゃんは恋愛事《れんあいごと》に耐性《たいせい》がありませんので、少し落ち着く時間をいただけますでしょうか？」

ここしばらくの教育で、彼女《かのじょ》の礼儀作法《れいぎさほう》は少しはましになっていた――が、素《す》の部分は改善されなかったようだ。セシリアの物言いに、他の侍女達《じじょたち》が目を見張った。

けれど――

「セシリア？　……そうか。ちょうど話を聞きたいと思っていたところだ。カサンドラが落ち着くまでのあいだ、おまえから見たエクリプス侯爵領《こうしゃくりょう》のことを聞かせてもらおう」

　セシリアに気付いたのか、ローレンス王太子は小さく笑う。

　こうして、カサンドラを残した他の者は一人残らず退席した。その瞬間《しゅんかん》、カサンドラはカメラを掴《つか》んで声にならない悲鳴を上げる。

「助けてくださいい、お友達の皆《みな》さん！　あの王太子殿下、わたくしを全力で堕《お》としにかかってます！　このままでは破滅《はめつ》してしまいますわ！」

『ワロタｗ』

『カサンドラお嬢様《じょうさま》、染まりすぎじゃない？』

『単に口説かれてるだけだと思うが（笑）』

　リスナーの言葉は軽い――けれど、カサンドラにとっては死活問題だ。

「皆さん、わたくしがローレンス王太子殿下と婚約したら破滅するといいましたわよね？」

『正確には、嫉妬《しっと》に狂《くる》ったら、だけどな』

「ローレンス王太子殿下が浮気《うわき》するなら同じことですわっ！」

『嫉妬しちゃう宣言可愛い』

『カワイイ』

『かわいい』

「黙《だま》りやがれーっ、ですわ！」

　叫んで、はあはあと肩《かた》で息を吐《は》く。

『というか、いまのカサンドラお嬢様なら大丈夫《だいじょうぶ》じゃない？』

『そうだよな。ローレンス王太子殿下も、セシリアに会った上で、カサンドラお嬢様を選んだんだろ？　なら、一途《いちず》に思ってくれるんじゃないか？　たぶんだけど』

「わたくしの命が懸《か》かっているのに〝たぶん〟とか言うなっ、ですわっ！」

コメントに『**ｗｗｗ**』と笑いを示す草が大量に生えるが、カサンドラは至極真面目《しごくまじめ》だ。それを察したのか、リスナーの意見も少し親身になった内容が流れるようになる。

『真面目な話、大丈夫だと思う。っていうのが俺達の結論。もちろん、リスナーの全員が納得《なつとく》してるわけじゃないけど、みんなでこれだけは伝えようって決めたんだ』

「……みんなで、ですか？」

いまのカサンドラは、リスナーが一人ではなく、多くの人間の集まりだと理解している。その上で、自身の配信を初期から見ている古参達がいることも。

『カサンドラお嬢様も気付いてると思うけど、セシリアはローレンス王太子殿下に興味がない。というか、カサンドラお嬢様のことを好いている』

「まあ……それは、なんとなく」

ユリの意味も最近は理解しつつある。

セシリアが何処《どこ》まで本気かは分かっていないけれど。

『それに原作での婚約は、カサンドラお嬢様がローレンス王太子殿下と婚約できるようにわがままを言った結果だったけど、現実はローレンス王太子殿下が自らの意思で動いてる』

「でも、原作だと浮気をするのでしょう？」

カサンドラにとって重要なのはそこだ。いくら想《おも》いを寄せているとはいえ、浮気されても好きで居続けられるほど強くはない。

『みんな浮気って言ってるけど、それは正しくないぞ。原作のカサンドラは悪役令嬢《あくやくれいじょう》と呼ぶに相応《ふさわ》しい振《ふ》る舞《ま》いをしてた。国母に相応しくなかったから、婚約を解消されたんだ』

『ローレンス様のルートね。聖女であるヒロインはすぐに彼《かれ》と親しくなるの。でも、友達以上の関係にはなれない、って展開がしばらく続くのよ。その理由は……分かるでしょ？』

『王太子は婚約者に誠実だった。でも、国の象徴《しょうちょう》である聖女に気を掛ける必要があった。最初はそれだけだった。なのに、悪役令嬢が嫉妬して……っていうのが切っ掛けよ』

『だから、ヒロイン視点……いや、ヒロインだけじゃないな。悪役令嬢以外の視点で見れば、ローレンス王太子は誠実な男だよ。カサンドラお嬢様にふさわしい、な』

少し視点を変えれば印象はがらりと変わる。

この世界の基《もと》になったのは人気の乙女《おとめ》ゲームで、ローレンス王太子はその乙女ゲームの攻略対象《こうりゃくたいしょう》筆頭だ。浮気をするような男性が、多くの女性から支持を集めるはずがない。

「では……わたくしの恋《こい》は叶《かな》えられる？」

『たぶん』

「たぶんだなんて……」

自分の未来がかかっているのにと眉《まゆ》を寄せる。

『カサンドラお嬢様、普通《ふつう》は未来に保証なんてないんだ』

『それに、破滅が怖《こわ》いのは分かるけど、怖いだけじゃないんでしょ？』

「それは……はい」

憧《あこが》れの王太子に求婚されたカサンドラの胸はいまも高鳴っている。

「わたくしは……幸せになれるでしょうか？」

『きっとね』

『なれるさ！　カサンドラお嬢様ががんばったの、俺達は知ってるぜ！』

『幸せになれる！　だから――お別れだな』

『カサンドラお嬢様、いままで楽しかったよ』

リスナーの言葉に、カサンドラは目を見開いた。

「……ど、どういうことですの？」

『配信スキルに規約があっただろ？　二十四時間垂れ流しって仕様上、恋愛、婚約、結婚を禁止する。それらを破った場合、配信スキルは消滅するって』

『だから、これでお別れなのよ』

リスナーの言葉が理解できなかった。

否《いな》、本当は理解できていた。

理解したうえで、認めることが出来なかったのだ。

だが、事情を知らなかったリスナーが、カサンドラに現実を突き付けた。

『え、嘘《うそ》！　これで終わり？』

『配信、終わっちゃうの？』

『まだ続けてよ！』

『諦《あきら》めろ。いや、俺だって嫌《いや》だけどさ。カサンドラお嬢様は破滅回避を目標にここまでがんばって、ようやく、破滅しない、幸せな未来を得ようとしてるんだぞ？』

『背中を押《お》してあげるのが、リスナーの……うぅん、友達の役目よね』

『そう、だよな。俺達、友達だもんな！』

『カサンドラお嬢様、幸せになってね』

奇跡《きせき》のように、温かい言葉がずらりと並んだ。だけど、だからこそ、それがリスナー達が自分達の感情を押し殺し、カサンドラのために無理をしていることはすぐに分かった。

「わたくしは、皆さんに救われたのに……」

『救われたのは俺達も一緒《いっしょ》だよ』

『すっごい楽しかった！』

『俺は終わって欲《ほ》しくない！　でも俺は、カサンドラお嬢様が破滅を回避して、いつか幸せになるのを願って配信を見てたんだ！　だから……幸せになってくれ！』

幸せという言葉が胸に響く。

両親を早くに失い、寂《さび》しい思いをして育ったカサンドラ。彼女が破滅する根本的な理由は、愛情に飢《う》えていたからだ。カサンドラが真に望んでいたのは破滅の回避ではなく、愛情を得ること。その愛情を注いでくれる相手が、カサンドラの想い人が手を伸《の》ばしてくれている。

だからローレンス王太子の手を取れ——と、リスナー達は声を揃《そろ》えた。

リスナーとの日々を思い出して涙《なみだ》が零《こぼ》れた。

「わた、わたくしは……」

『泣くなよ、カサンドラお嬢様！』

『最後は笑って送り出そうと決めてたのに、止《や》めてくれよ』

『おかしいな、モニターが滲《にじ》んでる』

『俺は……俺はこの配信が生きがいなんだ。この配信のおかげで、俺もがんばろうって思えた！　だから止めて欲しくない！　……でも、だけど……っ』

『そうだ！　ここで引き止めたら、俺はずっと後悔《こうかい》する気がする！　だから、カサンドラお嬢様は自分の信じる道を行ってくれ！』

『私も配信が終わるのは嫌だけど、カサンドラお嬢様には幸せになって欲しいよっ』

『カサンドラお嬢様、本当に楽しかったわ！』

『私は貴女《あなた》のおかげで、亡くなった後輩《こうはい》と話すことが出来たわ！』

『配信でたくさん元気をもらったよ！』

『俺は魔術《まじゅつ》の本のおかげで魔術を使えるようになったお！』

『さらっと妄想《もうそう》を交ぜるなｗ』

コメントが笑いに包まれる。

そして——

『とにかく、救われたのはカサンドラお嬢様だけじゃない』

『私達もたくさん救われたの。だから、今度はあなたが幸せになる番よ』

『だから、幸せになってくれ！』

『そうだ。末永く破滅しろ！』

「破滅はしたくありませんわよ⁉」

カサンドラは叫び声を上げた。

それから泣き笑いのような顔をした。

「……皆さんは、それでいいのですか？」

『よくないよ！』

そんなコメントが多く流れた。カサンドラが「だったら……」と口を開くが、それに被《かぶ》せるように新たなコメントがたくさん流れる。

『でも、ここで送り出すのが友達だろ！』

『私達、カサンドラお嬢様に幸せになって欲しいの！』

『ここまでがんばってきたんだろ？　俺達に遠慮《えんりよ》なんてしないでくれ！』

リスナーのコメントに思わず涙がこぼれ落ちた。

カサンドラはそれを指で拭《ぬぐ》い、精一杯《せいいっぱい》の笑《え》みを浮《う》かべる。

「皆さん、ありがとうございます。皆さんはやはり、わたくしの大切な友達ですわ。そんな皆さんが背中を押してくれたおかげで、わたくしは覚悟《かくご》が決まりました」

カメラを手放したカサンドラは涙を拭って席を立った。大きな決断を下し、少し離《はな》れた場所でセシリアと話しているローレンス王太子殿下の元へと向かう。

まっすぐに王太子殿下を見つめる彼女の瞳《ひとみ》は美しく輝《かがや》いていた。

「……カサンドラ、答えは出たようだな？」

「はい」

「ならば、聞かせてもらおう」

カサンドラは一度大きく深呼吸をして、それから一度だけカメラに視線を向けた。そして最後に片手を腰《こし》にあて、ローレンス王太子に指をビシッと突き付ける。

「ローレンス王太子殿下、ガチ恋勢は出荷《しゅっか》ですわよっ！」

いたずらっ子のような顔をして宣言した、中庭にカサンドラの声が響《ひび》き渡《わた》った。ローレンス王太子が「……は？」と困惑《こんわく》し、セシリアが吹《ふ》き出《だ》しそうになって横を向く。

『そうきたか（笑）』

『くさぁｗ』

『さすが、俺達のカサンドラお嬢様だぜ！』

『そこにシビれるあこがれる！』

『すっかり染まってやがるｗ』

コメントが笑いに包まれる中、カサンドラは王太子を見上げた。

「わたくし、ローレンス王太子殿下を心からお慕《した》いしております。だから、求婚されて嬉《うれ》しかった

ですわ。たとえそれが、政治的判断だとしても」

「いや、俺は……」

ローレンス王太子はその先を口にしなかった。カサンドラが、その先を言わないで欲しいとばかりに首を横に振ったから。

「でも、いまのわたくしはまだまだ未熟です。ローレンス王太子殿下が評価してくださったスラム街の改革も、わたくしが一人で考えたものではありません。ですから、いまのわたくしは、ローレンス王太子殿下の婚約者に相応しくありませんの」

未熟だから辞退する——と。

そう口にすると、ローレンス王太子は神妙《しんみょう》な顔をした。

「……そうか。つまり、いまは未熟だから、立派になるのを待てというのだな？」

「え？　いえ、その、そのように生意気を申すつもりでは……」

「かまわない。既《すで》に八年待ったのだ。あと数年待つ程度、どうということはない」

「え、それって……？」

カサンドラとローレンス王太子は八年前のパーティーで出会っている。そのとき、カサンドラとローレンス王太子はある約束を交《か》わした。それは、立派な王太子になったローレンスが、同じく立派なレディに育ったカサンドラを迎《むか》えに行くという内容。

他の人から見れば微笑《ほほえ》ましい、子供同士の約束に過ぎないだろう。カサンドラ自身、ローレンス王太子がその約束を覚えているとは思ってもいなかった。

だが、ローレンス王太子は覚えていた。カサンドラと同じように思い出を大切にしながら、それを表に出さなかっただけだ。

原作のローレンス王太子がカサンドラを見限ったのは、彼女がその約束を忘れたかのように悪事を働いたから。それは原作では語られなかった事実だ。だが、いまのカサンドラは原作の悪役令嬢と違《ちが》う。あのときの約束を違《たが》えず、立派なレディを目指している。

だから――

「おまえが立派なレディになったとき、あらためて迎えに来るとしよう」

「～～～っ」

あのときと同じセリフを、あのときよりずっと素敵《すてき》になった想い人に囁《ささや》かれる。カサンドラは胸を押さえ、ローレンス王太子殿下に背中を向けた。

そうして、カメラを引き寄せて口元を寄せる。

「た、助けてください。王太子殿下に堕とされそうですわっ！」

『**草ぁw**』

『**はぇぇよ（笑**』

『**もうちょっとがんばってw**』

リスナーが応援《おうえん》してくれる。

その温かさに、カサンドラは強い愛情を感じていた。

たしかに、カサンドラはローレンス王太子に憧れている。恋をしていると言っても間違いじゃない。だが、愛情に飢えたカサンドラを誰よりも愛してくれたのはリスナー達だ。

カサンドラにとって、誰よりも大切な友人達となっていた。そのリスナーとの縁《えん》を一方的に切ることを望まない。それが、カサンドラの出した答えだった。

だから――

「もちろん、まだまだがんばりますわよ！　だから、これからも応援してくださいね、わたくしの大切なお友達の皆さんっ！」

憑依聖女《ひょういせいじょ》の転生配信1

1

「みんなの夜は華《はな》やかになりましたか？　〝かなこな〟所属のVTuber、ノクシアがお届けしました。――ってことで、明日も配信するからよろしくね！」

ノクシアの中の人である紗夜《さや》。

VTuberとしての天真爛漫《てんしんらんまん》な彼女《かのじょ》とは真逆の、黒髪《くろかみ》ロングで、大人しそうな見かけの彼女はヘッドセットを外して小さく息を吐《つ》いた。

それからいそいそと自分のチャンネルを確認《かくにん》した彼女は目を輝《かがや》かせた。

「わぁ、もうこんなにチャンネル登録者数が増えてる！」

彼女は最近デビューしたばかりのVTuberだ。かなたこなたという大きな企業《きぎょう》からデビューしたということもあり、スタートダッシュは順調だった。

あっという間に銀盾《ぎんたて》をもらえる十万を超《こ》え、今なおそのチャンネル登録者数を伸《の》ばしている。かつてVに憧《あこが》れていた彼女は、いまや他の人々が憧れるVとなった。

順風満帆《じゅんぷうまんぱん》の日々。

だけど、そんな幸せも長くは続かなかった。

「さてと、明日の配信に備えて買い物を済ませておこうかな」

夜であるにもかかわらず、彼女は買い物をするために外出した。

そして、彼女はある男と出くわした。いや、待《ま》ち伏《ぶ》せされていたと言うべきか。男は、かつて彼女に不正を告発されたことで会社を首になった人物である。

そして――


「……あれ、私は……？」

目覚めたのは、古びたベッドの上。寝《ね》ぼけながら、どうして自分がこんなところで寝ているのかと考えた彼女は、男に刺《さ》されたことを思い出して飛び起きる。

「ここは……どこ？　……違《ちが》う、私は知ってる。ここは孤児院《こじいん》で……っ」

ずきりと頭が痛み、様々な光景が頭の中に浮《う》かんでは消えていく。紗夜という人格の中に、セシリアという娘《むすめ》の十四年分の記《き》憶《おく》が流《なが》れ込《こ》んでくる。

（これ、私がセシリアに転生……憑依？　なんか、そんな感じで生まれ変わったってこと？）

前世でラノベが好きだった紗夜はかろうじて現状を理解する。それと同時に、セシリアが生まれながらに治癒《ちゆけい》系の能力を使うことが出来る、普《ふ》通《つう》とは違う子供であることも知る。

結果的に、彼女はその力である怪我人《けがにん》を救い、それが切《き》っ掛《か》けでエメラルドローズ子爵《ししやく》の養女となり、サクセスストーリーを歩むことになるのだが――

「この世界にはどうしてネットがないの？　配信できないじゃない！」

紗夜にとって重要なのはそこだった。だから、カサンドラが待つ部屋を訪《おとず》れたときは本当に驚《おどろ》いた。だって彼女の近くに、どう見てもＷＥＢカメラっぽい物体が浮かんでいたから。

「え？　……え？　嘘《うそ》、どうして……？」

２Ｄアバターの配信でお世話になったＷＥＢカメラ。そして、いつも配信中は別モニターに表示していたコメント欄《らん》まで虚空《こくう》に浮かんでいる。

コメントが流れる様子は、どう見ても配信中である。

カサンドラがその状　況《じようきよう》を把握《はあく》しているかは不明だが、現代日本でも異質と思うほどの状況に、ネットもカメラも存在しない異世界でお目に掛かるとは夢にも思っていなかった。

だから、信じられないくらい動揺《どうよう》して失言を重ねた。

だけど――

「わたくしは気にしませんわ」

カサンドラはセシリアのことを笑ったり叱《しか》ったりしなかった。他の貴族達《きぞくたち》の様に、値踏《ねぶ》みするような不躾《ぶしつけ》な視線を向けて来ることもない。

だから――

「あのっ！　私、カサンドラ様のお屋敷《やしき》に遊びに行きたいです！」

思わずそんな言葉を口走っていた。自分も配信できるかもという下心がなかったと言えば嘘になるが、なによりカサンドラ自身と仲良くしたいと思ったからだ。

そうしてエクリプス侯爵家《こうしゃくけ》を訪ねたセシリアは、カサンドラと仲良くなった。だが、配信についてはなかなか尋《たず》ねることが出来なかった。

これまで観察した結果、カサンドラがコメントを見ているのは間違いない。

だが、それらはなぜか、他の人達には見えていない。そんな中、自分にも見えていると口にしたとき、カサンドラがどのような反応をするか想像できなかったから。

だけど、そんな状況にも転機が訪れる。

セシリアとカサンドラが仲良くしていると、コメントがてぇてぇで埋《う》め尽《つ》くされた。それに視線を向けたカサンドラが、てぇてぇとはなにかと呟《つぶや》いたのだ。

瞬間《しゅんかん》、セシリアはこれ幸いとてぇてぇについて説明する。

カサンドラの瞳《ひとみ》に浮かんだのは純粋《じゅんすい》な驚きで、警戒《けいかい》をするような素振《そぶ》りは見えなかった。だから新たな一歩を踏《ふ》み出《だ》し、そのコメントが自分達のことを指しているのだと指摘《してき》した。

そして、セシリアはカサンドラから配信スキルの秘密を教えてもらった。

そうしてショップに配信セットが追加されたことを知り、反射的にそれが欲《ほ》しいとおねだりした。後から考えれば、何処《どこ》までも自分勝手なお願いだったが――

「セシリアにプレゼントですわ！」

「カサンドラちゃん――好きっ！」

カサンドラは迷わずその配信セットをプレゼントしてくれた。だからセシリアは、この恩にいつか必ず報《むく》いると心に誓《ちか》ったのだった。

2

「こんやみ〜。モノクロな夜に彩《いろど》りを。かなこな所属のＶＴｕｂｅｒ、ノクシアだよ！」

配信スキルを手に入れたセシリアは翌日から配信を開始した。

憑依聖女の転生配信と銘《めい》打《う》って、エクリプス侯爵家の中庭でライブを開始する。もちろん、チャンネルは以前のものと違うし、ＳＮＳもなければ、かなこな公式の支援《しえん》もない。

配信を開始した直後は数人程度だった。

だけど——

『え？　アバターと背景がむちゃくちゃ綺麗《きれい》なんだけど⁉』

『マジだ。ってか、アバターむちゃくちゃ可愛《かわい》い！』

中身は狭《せま》き門であるオーディションを突破《とっぱ》した新鋭《しんえい》のＶＴｕｂｅｒ。外見は乙女《おとめ》ゲームのヒロインを冠《かん》する見た目の美少女。しかも、声は原作に起用された声優さんに由来している。

まさに配信者になるために生まれたような存在。

来客者の数は少なくとも、ふらっと立ち寄った者達の心を掴《つか》んで離《はな》さない。すぐにノクシアの配信は拡散され、数十人、数百人と視聴者数《しちょうしゃすう》が増えていった。

「みんな拡散ありがとう！　冒頭《ぼうとう》にいなかった人がほとんどだと思うから、あらためて自己紹介《じこしょうかい》をするね。私はノクシア。かなこな所属のＶＴｕｂｅｒだよ！」

繰《く》り返《かえ》して挨拶《あいさつ》をする。

『え、かなこな所属ってどういうこと？　これ、企業勢のチャンネルじゃないよな？』

『ってか、ノクシアって、卒業したノクシアだろ？　見た目もぜんぜん違うじゃん』

『ノクシア、生きてたのか、よかった！』

かなこな所属のノクシアという部分。最初はスルーされていたけれど、人が増えただけあって、今度は反応したコメントが流れてくる。

「ん〜、どこから説明すればいいかなぁ？　簡単に説明すると、私はノクシアの中の人。前世で死んじゃって、いまの身体《からだ》に転生しました！」

明《あ》け透《す》けな物言いで、一発で理解できた人間はいなかった。

困惑《こんわく》するコメントがいくつも流れてくる。

そして――

『えぇっと、ノクシアの中の人が、別のＶＴｕｂｅｒに転生したってこと？』

『あぁ、なるほどなぁ……って、それ、言っちゃダメな奴《やつ》なのでは？』

リスナー達はそんな結論に至る。

「はっずれー。正解は『ノクシアの中の人が亡《な》くなって異世界に転生！　いまは生身の身体で異世界から配信中！』でしたっ！」

これ以上ないほど、端的《たんてき》に現状をまとめた言葉だが、そう言われて理解できる人間はいないだろう。実際、コメントにはクエスチョンマークが飛び交っていた。

だけど――

『あああぁぁあぁぁぁぁっ、セシリアちゃんだ！　こんやみー』

「こんやみー。私のことを知ってるあなたはカサンドラちゃんのリスナーかな？」

『カサンドラお嬢様《じょうさま》のお友達よ。拡散してくるわね！』

セシリアがありがとうとお礼を言っていると、他のコメントも反応を始めた。

『セシリア？　あぁ、言われてみれば、乙女ゲームのヒロインに似てるな。それをモチーフにしたアバターなのか？』

「あーそうだけどそうじゃないよ。というかいまの私、生身の人間だから」

セシリアはカメラを引いて、全身が映った状態でポーズをとって見せた。背後に映る中庭の草花が風に揺《ゆ》れ、セシリアの髪《かみ》やドレスもまたふわりと翻《ひるがえ》る。その一つ一つがＣＧではあり得ない――少なくともリアルタイムでは再現出来ないレベルの完成度だった。

『説明すると、セシリアはマジでノクシアの中の人だ。ノクシアの中の人が色々あって、乙女ゲームの世界で、ヒロインのセシリアに憑依したらしい』

『仕込《しこ》み乙《おつ》（笑）』

『それがガチなんだよなぁ』

信じないリスナー達に、何人かのリスナーが大真面目に語る。それによって、リスナーの意識も少しだけ、信じる方へと傾《かたむ》き始めた。

『ええっと……本気で、言ってるのか……？』

『信じられない気持ちはよく分かるから、破滅実況《はめつじつきよう》ｗｉｋｉでググれ。そしたら、俺《おれ》が言ってることが嘘じゃないって信じられるはずだ』

『そんなコメントに釣《つ》られてたまるか……ちょっと行ってくる』

お約束のやりとり。

ほどなく、破滅実況やノクシアを知るリスナー達が集まってくる。

『セシリアちゃん、いや、ノクシアだっけ？　とにかく初配信おめでとう～』

『こんやみ～』

『カサンドラお嬢様の配信から来ました！』

お祝いのコメントが届く。もちろん、以前のノクシアからすれば少ない数だけれど、それでもセシリアは泣きそうなほどに感動する。

そして――

『ノクシアの事情、まとめサイトで知ったよ。なんて言っていいか分からないけど、またノクシアの配信を見られて嬉《うれ》しい！』

『ずっと待ってた！』

『ノクシア、配信してくれてありがとう！』

前世の彼女になにがあったか、知る人達のコメント。突然《とつぜん》の卒業という形での失踪《しっそう》を遂《と》げたにもかかわらず、温かいコメントをくれる多くの人々。

セシリアは思わず涙《なみだ》をこぼしそうになった。

「ありがとう、みんな。私もみんなと会えて嬉しいよ！」

最初は、これまでになにがあったかといった感じの雑談。その頃《ころ》には、まとめサイトを見てきた人達が戻《もど》ってきて、応援するといった主旨《しゅし》の言葉が飛んでくる。

そしてSNSで拡散された書き込みを見た人が集まり、外部からの接続の多さが配信サイトのメカニズムで評価されておすすめに表示される。

そして――

爆発的《ばくはつてき》に増える同接の数。

『ノクシア！　ねぇ、本当にノクシアなの!?』

ウィンドウに表示された、何処か必死な感じのコメント。既《すで》に似たようなやりとりを何度もしていたセシリアは、そのコメントに軽い気持ちでそうだよと応じる。

だけど、ふと気になってユーザー名をたしかめた彼女は目を見張った。

「……え？　ルミエ先輩《せんぱい》？」

そのID名は、かなこな所属の先輩VTuber、ルミエ・ノクターナのものだった。

『え、ルミエ先輩って、ルミエ・ノクターナ？』

『ホントだ、ルミエお姉様がいるぞ』

他のVTuberが現れたことでコメント欄が騒《さわ》がしくなる。セシリアはすぐに彼女にモデレーターの権限を渡《わた》し、そのコメントを確認しやすくした。

「ルミエ先輩、お久しぶりです。その……連絡《れんらく》出来なくてすみません」

『事情はまとめサイトで見たよ。というか、私もときどきだけど破滅実況を見てるから。まさか、セシリアがノクシアだとは思わなかったけど、ね』

「信じて、くれるんですか？」

『それはこれからたしかめるわ。ということで質問よ。私とノクシアのオフコラボで起きたハプニング。ノクシアが私にされたことは……？』

質問を読み上げ、セシリアは思わず苦笑いを浮かべる。

「スカートを脱《ぬ》がされた、ですよね？」

僅《わず》かな沈黙《ちんもく》。

コメントが『は？』『なにそれ詳《くわ》しくw』なんて並ぶ中、ルミエが『正解』と書き込んだことで、コメントが大いに加速する。

「いや、違うのよ？ 私が初コラボで緊張《きんちょう》してて、飲み物をスカートに零《こぼ》しちゃったの。そしたら、洗濯《せんたく》する、代わりのスカートを貸すからって、半ば強引《ごういん》に……」

『それはてぇてぇw』

『えっちなのはいけないと思います』

『ルミエお姉様、リアルでもお姉様なのな（笑）』

そんなコメントが流れる中、『ほんとにノクシアだあああああああっ！』と、ルミエが書き込んだ。セシリアは「ちょっと、興奮しすぎですよ」と苦笑い。

『だって、あんなことがあって……私、すごく哀《かな》しかったんだよ？』

「そう、ですよね。ごめんなさい」

『どうしてノクシアが謝《あやま》るの⁉　悪いのはノクシアを殺した人じゃない！』

ルミエのコメントに、事情を理解していなかったリスナー達がざわめいた。だけど、事情を知るリスナー達の説明により、そのざわめきは沈静化《ちんせいか》していく。

そんな中、少し冷静になったのか、ルミエから**『ごめんなさい』**とコメントが届く。

「いえ、私も暴露《ばくろ》してますし、気にしなくて良いですよ。それより、私はもう一度こうして、ルミエ先輩とお話が出来て嬉しいです」

『私も嬉しいわ。またいつかコラボしましょうね』

「……それは、出来ればそうしたいんですが……」

『分かってる、いまは出来ないんだよね？　でも、カサンドラお嬢様のスキルと同じならレベルアップするんでしょ？　そうしたらいつか、コラボできるかもしれないじゃない？』

「そう、ですね……」

セシリアは少しだけ寂《さび》しげに視線をカメラから外す。

そうして、コメント欄の横にあるシステムウィンドウに視線を向けた。カメラに映らないようにして操作すれば、そこに配信スキルの説明が表示される。

『この配信スキルは、カサンドラが所有するネットワークを介《かい》しているため、カサンドラの配信スキルが停止した場合、このスキルでも配信が出来なくなります』

カサンドラの配信スキルは、恋人《こいびと》や婚約者《こんやくしゃ》を作ると消失すると書かれていた。

セシリアのように、ＩＴｕｂｅｒとして生きることを望んでいるのなら問題はない。けれど、カサンドラが王太子に恋しているのは明らかで、幸せな未来を勝ち取ろうとがんばっている。

つまり、この配信にはタイムリミットがあるということだ。

『……ノクシア？』

ルミエのコメントが目に入る。

セシリアはなんでもないように顔を上げて微笑《ほほえ》んだ。

「――はい。そのときは先輩とコラボしたいです」

3

ルミエと果たせるか分からない約束を交《か》わした。セシリアがその罪悪感に胸を痛めていると、ルミエが『**ちょっと待ってて！**』というコメントを投稿《とうこう》した。

「待つのはいいけど……なんだろう？」

呟くけれど反応はない。その代わり、いまのやりとりを見ていたリスナー達が、本当にノクシアなんだ……と驚いている。

やはり、実際にこういうやりとりを目にした方が信じやすいのだろう。

セシリアは即座《そくざ》に気持ちを切り替《きか》えて、久しぶりの雑談配信を再開する、そうしてそろそろ今日は切り上げようかと考えていたそのとき――

『ただいま、ノクシア！　以下のＩＤをモデレーターに登録して！』

ルミエが再びコメントを書き込んだ。そうして言われたとおり、指定のＩＤに権限を与《あた》えると、ほどなくしてそのＩＤがコメントをした。

『お久しぶりね、ノクシア。水瀬《みなせ》です』

「水瀬って……マネージャー⁉」

『はい。本当にノクシアなんですね。転生したと聞いてびっくりしましたよ』

「あーその、すみません……」

セシリアはリアルで生まれ変わった関係から、いまもノクシアを名乗っている。だが、本来であれば、企業勢のＶＴｕｂｅｒが転生し、前世を暴露するのは色々と問題だ。

叱られるかもと目を伏《ふ》せるが、マネージャーはそれをすぐに否定した。

『誤解しないでください。驚きはしましたが、咎《とが》めるつもりはありません。というか、さすがにこんなことは想定していませんでしたからね』

『そりゃ中の人が転生するとは想定しないわな（笑』

『草生えるｗ』

『想定してたら逆にやべぇｗ』

そういったコメントが流れ、セシリアもまた「それはそうだよね」と苦笑いを浮かべた。

その後、マネージャーから提案されたのは、このアーカイブを公式が切《き》り抜《ぬ》いて使用する契約《けいやく》だ。

その代わり、セシリアは引き続きノクシアとして活動を続けてもいい、という話。

異論はない――が、いつまで配信を続けられるか分からない。そのことをこの場で言うわけにもいかず、セシリアは特に交渉《こうしょう》もせずに問題ないと応じた。

『**ありがとうございます。では、収益については、以前通りの配分を考えています**』

「あぁ、私はもう受け取れないから、そっちで好きにしてくれればいいですよ。色々と迷惑《めいわく》を掛けてしまいましたし、迷惑料とでも思っていただければ」

『**いいえ、迷惑だなんてとんでもありません。それと、収益についてはこちらの方に委《ゆだ》ねようと思っています。少し代わりますね**』

代わる？　と、セシリアが首を傾《かし》げる。

ほどなく、同じＩＤで『**……本当に紗夜なの？**』というコメントが書き込まれた。それを見た瞬間、セシリアの心臓がドクンと脈打った。

紗夜というのは、セシリアに憑依した彼女の名前。

ただの文字列でしかないその一言に、だけどセシリアは確信を抱《いだ》いた。

「……お母さん」

セシリアの言葉にコメントがざわつく。だが、コメントを控《ひか》えてあげてというルミエ達のコメントがあり、ほどなくしてコメントの流れはほとんどなくなった。

そして――

『**紗夜、なんだね？**』

「……うん。そうだよ、お母さん。お母さんの肉じゃが、また食べたいよ」

懐《なつ》かしさを感じながら、いつものわがままを口にした。でも、そのわがままが、もう二度と叶《かな》えられないことに気付いて泣きそうになった。

「……ごめん、なさい。お母さん、ごめんっ、逆縁《ぎゃくえん》の親不孝をした悪い娘でごめんなさいっ」

水色の瞳が涙に滲《にじ》み、頬《ほお》を伝って零れ落ちる。

『**謝らないで、紗夜。あなたがあんなことになってとても哀しかったのは事実よ。だけど、だからこそ、あなたが生きていると知って嬉しいわ**』

「……お母さん。お母さん……っ」

セシリアと母親の仲はいたって普通だった。特に良くもなければ悪くもない。そんな関係。だけど、こうして死んで初めて、自分がどれだけ母親に愛されていたのかを知る。

セシリアは止《と》め処《ど》なくあふれる涙を指で拭《ぬぐ》いながら母の名前を連呼する。

だけど――

『**それに、以前より可愛くなってよかったわね**』

「……お母さん？」

そのコメントを見て涙が引っ込んだ。

『**わろたｗ**』

『**ノクシアのお母様が辛辣《しんらつ》で吹《ふ》いた（笑）**』

『**いやまぁ、仕方ないんじゃないか？　前世がどれだけ可愛かったとしても、いまのノクシアは、乙女ゲームのヒロインが具現化してるわけだし、さすがに比べれば……なあ？**』

『絶世の美少女と言っても過言じゃないからなｗ』

そんなコメントが流れて笑いを誘《さそ》う。それから、セシリアは母といくつかのやりとりを交わした。

それを受け入れてくれる優《やさ》しいリスナー達。

そうして、あっという間にスキルの制限である、配信の終了《しゅうりょう》時間《じかん》が近づいてきた。

『紗夜、これからも配信を続けるのよね？』

「うん。出来る限り続けるつもりだよ。だから、また見てくれると嬉しいなっ」

セシリアは母に別れの挨拶をして、それから今度はリスナーに意識を向ける。

「それじゃあ今日はこの辺で。みんなの夜は華やかになりましたか？　かなこな所属のＩＴｕｂｅｒ、ノクシアがお届けしました！　――みんな、大好きだよ！」

セシリアはそういって配信を切った。

それは、カサンドラが王太子から求婚される僅か一ヶ月ほどまえの出来事だった。

4

それから毎日のようにセシリアは配信を続けた。

そのあいだに、紗夜を殺《あや》めた犯人が捕《つか》まったというニュースを耳にする。セシリアにとっては前世の出来事だけど、それでも無念を晴らせたことは嬉しかった。

更《さら》には、ルミエや両親が配信に遊びに来る幸せな日々。

だけど、そんな幸せも長くは続かなかった。

カサンドラが、王太子から呼び出しを受けたから。

カサンドラは理由が分かっていないようだったけれど、リスナーから事情を聞いていたセシリアにはすぐに分かった。ローレンス王太子が、カサンドラに求婚するつもりなのだと。

だから、セシリアはこの幸せな日々がもうすぐ終わるのだと覚悟《かくご》する。

だから、セシリアはカサンドラの旅に同行すると主張した。

そして――

「こんやみ～。モノクロな夜に彩りを。かなこな所属のITuber、ノクシアだよ！　今日は事前に告知したように、カサンドラちゃんの様子を配信していくね」

ミラー配信に近い形で、カサンドラの様子を配信する。その配信は、ルミエを通じて呼んでもらった両親、それにマネージャー達も視聴《しちょう》している。

そしてセシリアの予想通り、ローレンス王太子はカサンドラに婚約を申し込んだ。

これは想定通りの展開。ただし、カサンドラがあそこまで動揺するのは想定外。セシリアは助け船を出し、彼女に考える時間が必要だとローレンス王太子に訴《うった》えた。

そんな中、リスナーの一人がその言葉を口にする。

『なあ、カサンドラお嬢様の配信はこれで終わるみたいなんだけど……ノクシアの配信は大丈夫《だいじょうぶ》なんだよな？』

セシリアの配信スキルは、カサンドラのスキルで入手したものだ。だからそう思うのは必然で、だけどいままでのセシリアは、そういった質問をはぐらかして答えていた。

だけど、それもこれで終わりだ。

「いままで隠《かく》しててごめんね。カサンドラちゃんの配信が止まったら、私も配信できなくなるの。だから、私も今日でお別れ、だよ」

唐突《とうとつ》の告白にコメント欄がざわついた。

『うっそだろ！』

『これで終わりなんてないよ！』

『なんでいままで黙《だま》ってたんだよ!?』

『俺、カサンドラお嬢様に婚約しないでってお願いしてくる！』

数多くのコメントが流れる中、セシリアが予想していたコメントが流れた。

だから――

「――絶対にダメ！」

セシリアは小声で、だけど有無《うむ》を言わせぬ口調で言い放った。

「私は配信が好き。VTuberとして、みんなと接するのが好きだった。だから、ITuberとしても、ずっとみんなと関わっていければいいなって、心から思ってるよ」

その言葉に、だったらどうしてといったコメントが多く流れる。

そんな中、セシリアは首を横に振《ふ》る。

「でもね、このスキルを得られたのはカサンドラちゃんのおかげなの。なのに、そのカサンドラちゃんが幸せになるのを邪魔《じゃま》するなんて絶対にダメ！　もしも誰《だれ》かが、カサンドラちゃんの配信で、婚約を止めるようになんてコメントしたら、私は二度と配信をしないから！」

たしかな信念を持って言い放った。

それを聞いたリスナー達は皆《みな》、モニターのまえで複雑な顔をする。

『俺は、やっと再開したノクシアの配信を楽しみにしてた。でも……カサンドラお嬢様の配信も見てたんだ。あの子の幸せを犠牲《ぎせい》にして……とは、言えないよな』

『私も配信は続けて欲しいけど、ノクシアの気持ちは分かるわ』

『私も哀しいけど、それがノクシアの意思なら受け入れるわ』

もちろん、賛成のコメントばかりじゃない。だけどセシリアの本気を感じ取った者達は、カサンドラのチャンネルへの書き込みをためらった。

そして、ついにカサンドラが覚悟を決めた。

決意を秘めた顔で、ローレンス王太子に近付いていく。セシリアは「がんばれ」とカサンドラの背中に向かって呟いて、それからＷＥＢカメラへと視線を向けた。

「みんな、ごめんね。少しのあいだだけど、みんなとまた話せて楽しかったよ」

『ホントに、これで最後なのか？』

『嫌《いや》だ、終わって欲しくない！』

『なんとかならないのかよ？　他に方法はないのかよ！』

いよいよとなって、ノクシアになんとかして欲しいと願うコメントがあふれた。その流れは加速して、もはや一人一人のコメントを読んでいる余裕《よゆう》はない。

セシリアは、それでもカメラに向かって語りかける。

「ルミエ先輩、それにマネージャー、こんな形でお別れすることになってごめんなさい。最後まで迷惑掛けっぱなしでごめんなさい。二人にはたくさん助けられました」

高速でコメントが流れる中、楽しかったという二人のコメントを見たような気がした。セシリアは目に涙を浮かべ、「私も、楽しかったです」と微笑んだ。

そうしているうちに、カサンドラが王太子に向かって口を開く。答えは出たのかと問うローレンス王太子に向かい、カサンドラがたしかに頷《うなず》いた。

セシリアは涙で滲んだ視界でそれを見守りながら別れの言葉を続ける。

「お父さん、お母さん、今度こそ、お別れだね。私を産んでくれて、ありがとうね。二人とも、大好きだよ。みんなみんな、大好きだよ。だから――」

ばいばいと、セシリアがカメラに向かって口にしようとした瞬間、カサンドラがローレンス王太子に指を突《つ》き付《つ》けた。

「ローレンス王太子殿下《おうたいしでんか》、ガチ恋勢は出荷《しゅっか》ですわよっ！」

僅かな沈黙。

その意味を理解したセシリアは、思わず吹き出しそうになって横を向いた。

『え、え？　どういうこと？』

リスナー達には当然、カサンドラお嬢様の声も聞こえている。さきほどの宣言が聞こえたのだろう。困惑する声がたくさん上がった。

もちろん、間近で見ていたセシリアは状況を理解している。さっきは吹き出しそうになってしまったが、カサンドラがリスナーのために自分の幸せを諦《あきら》めたのではと心配する。

けれど、それは後に続くやりとりですぐに誤解だと分かった。

だから――

「みんなごめん、あんなこと言ったけど、もうしばらく続けられそう」

ちょっと恥《は》ずかしそうに訴えれば、『**継続《けいぞく》やったああああああああああああっ！**』といったコメントでウィンドウが埋め尽くされた。

そして――

・チャンネル登録者数が1，500，000を超《こ》えました。
・配信スキルのレベルが2になりました。
・収益化が認定されました。
・スパチャが受けられるようになりました。
・ショップが解放されました。
・メッセージが届いています。

配信レベルが上がったというシステムメッセージが表示される。

（私のスキルにもレベルアップがあったんだ……）

カサンドラからレベルアップの概念《がいねん》は聞いていた。

けれどいつまで経《た》ってもレベルが上がらないことから、セシリアは自分の配信スキルはレベルが上がらないものだと思い込んでいた。

だけど、いま、こうしてレベルが上がった。

（こうやってレベルを上げていけば、結末を変えられるのかな？）

カサンドラが婚約をした上で、異世界への配信を続ける方法が見つかるかもしれない。そう考えながら、セシリアはメッセージが届いているという一文をしなやかな指先でタップする。

新たに表示されたページにはこう表示されていた。

『**コミカライズの企画《きかく》が進行中です**』

セシリアは軽く目を見張り、つぼみが花開くように微笑んだ。それから胸に手を添《そ》えて瞳を閉じて深呼吸を一つ。パチリと目を開いた彼女は、ＷＥＢカメラに無邪気《むじゃき》な笑みを向ける。

「みんなの応援のおかげでコミカライズの企画が進行中だよ！　と　い　う　わ　け　で！　これからもノクシアとカサンドラちゃんの応援をよろしくね！」

こうして、セシリアとカサンドラの異世界配信は継続することになった。

今日も明日も明後日《あさって》も、異世界のリスナー達に元気を届けていく。二人の配信は末永く愛され、王国のあり方にも影響《えいきょう》を及《およ》ぼしていくのだが……それはまた次の機会に語ろう。

書き下ろし　カサンドラとノクシアの初めてのコラボ配信

ある昼下がり。

エクリプス侯爵家《こうしやくけ》の中庭に、華《はな》やかなお茶会の席が用意されていた。そして、その席に座《すわ》るのはエクリプス侯爵家の令嬢《れいじよう》であるカサンドラと、聖女と名高いセシリアの二人である。

人払《ひとばら》いがされているため、使用人達《しようにんたち》は重要な密談が行われるのだと思っている。

だが、その実態は――

「こんやみ～。モノクロな夜に彩《いろど》りを。〝かなこな〟所属のＶＴｕｂｅｒ、ノクシアだよ！」

「こんにちは、お友達の皆《みな》さん！　カサンドラですわ。――という訳で、サプライズ！　今日はノクシアとコラボを開催《かいさい》いたしますわよ！」

ＩＴｕｂｅｒの二人による初めてのコラボ配信である。

もっとも――

『**サプライズになってねぇ（笑**』

『**さっきからずっと見てたし**』

『**なんなら、二人がコラボの約束をしているときも見てたわよ**』

二十四時間ずっと垂れ流し配信状態のカサンドラにサプライズは不可能である。

とはいえ、それは承知の上だ。カサンドラは気にした風もなく進行を続ける。

「今日はデビューしたばかりのＩＴｕｂｅｒ、セシリアこと、ノクシアを少しでも多くの皆さんに知ってもらおうという企画《きかく》です。まずは、目指せ十万人、ですわよ！」

だから盛り上がってと、カサンドラが無邪気《むじゃき》に言い放つ。けれどコメント欄《らん》には『あ～まぁ、そうだよな』みたいな、歯切れの悪いコメントが多く流れる。

さすがにその流れは予想外で、カサンドラは少し困惑《こんわく》した。

「な、なんですの？」

『いや、その……ノクシアのチャンネル登録者数、既《すで》に三十万人を超《こ》えてるよ』

カサンドラは一瞬《いっしゅん》「ふえ？」と可愛《かわい》らしい声を零《こぼ》した。

『ふえ？　いただきました』

『助かるー』

お約束なやり取りを横目に、カサンドラはセシリアへ「本当ですの？」と視線を向けた。

「あ～うん。カサンドラお嬢様のおかげでここが異世界だと周知されてた上に、私が現代に実在した人物ってことで話題になったみたいだね」

『リアル異世界転生！　謎《なぞ》の失踪《しっそう》を遂《と》げた新鋭《しんえい》ＶＴｕｂｅｒは異世界にいた!?　って見出しで、あちこちの記事で取り上げられてたからな（笑）』

『そうそう。ＩＴｕｂｅｒがトレンドに上がってたし、かなこなの箱効果もあったわよね』

ノクシアのチャンネル登録者数が、たった数日で三十万人を突破《とっぱ》したのは事実である。

異例の速度だが、異世界からの配信であること、その配信者が日本のＶＴｕｂｅｒとして実在したこと、かなこなの所属メンバー達が応援《おうえん》していることなどが爆伸《ばくの》びの理由だ。

「は〜、さすがは元新鋭VTuberですわね」

このままなら、あっという間にチャンネル登録者数を抜《ぬ》かれるだろう。

上を目指すものであれば、その状況《じょうきょう》に嫉妬《しっと》したかもしれない。だからこそ、リスナー達は言葉を濁《にご》したのだが、カサンドラは純粋《じゅんすい》に感嘆《かんたん》の溜《た》め息《いき》を吐《つ》いただけだった。

そして——

「それでは、十万あらため、五十万人を目指してがんばりましょう！」

即座《そくざ》に気持ちを切《き》り替《か》えるカサンドラに対し、リスナーはもちろん、セシリアもほっと吐息《といき》を零す。こうして、二人の初コラボ配信は始まったのだ。

「ところで、コラボってなにをするんですの？」

——そして初っぱなから躓《つまず》いた。

「カサンドラちゃん、なにするか決めてなかったの⁉」

びっくりするセシリア。

けれど訓練されたリスナーのコメントは『**知ってた**』で溢《あふ》れかえる。

「いえ、その、ノクシアをお友達の皆さんに知っていただこうと思っていたのですが、コメントを見た限り皆さんご存じのようですから」

カサンドラは自分のコメント欄を眺《なが》めながらそう口にした。

「じゃあどうしよう。カサンドラちゃんはなにかしたいことある？」

「それが……そもそもわたくし、コラボが誰《だれ》かと一緒《いっしょ》に配信をすることだというのは学びましたが、具体的にどのようなことをするかは聞いたことがありませんので」

「……あぁ、それはそっかぁ」

カサンドラはＶＴｕｂｅｒはもちろん、配信とは縁《えん》のない異世界の生まれだ。謎のスキルによって配信をすることがなければ、いまも配信という言葉を聞くことすらなかっただろう。

そんなカサンドラがコラボ企画について知っている訳がない。

とはいえ、カサンドラもＩＴｕｂｅｒとしてそこそこの期間配信をしている。なにも考えていないという訳ではなかった。そうして出した結論は――

「という訳で、ノクシア。今日はわたくしにネット用語を教えてくださいませ」

「ネット用語？」

「以前、わたくしにてぇてぇの意味を教えてくださいましたよね？　他にも、分からない言葉があるので、この機会に教えていただけませんか？」

余談だが、カサンドラのリスナーは、あまりＶＴｕｂｅｒの配信を見ないようなライトな視聴者《しちょうしゃ》も多い。そのため、ネット用語を知らないリスナーも少なくない。

そういう意味でも、カサンドラの意見を支持するリスナーは多かった。コメントでも、『**自分も聞きたい**』といった意見が飛び交っている。

「あ～、カサンドラちゃんはネット用語なんて分からないもんね。それじゃ――モノクロの知識に彩りを！　ノクシアのネット用語解説コーナーだよ！」

セシリアは顔の高さに上げた手首をクルリと返し、ピースで片目を強調する。物凄《ものすご》く様になっている仕草だが、カサンドラはその変わりように驚《おどろ》いた。

『草ぁ』

『これはプロｗ』

そんなコメントが流れる中、我に返ったカサンドラは「わー、よろしくお願いいたしますわ！」拍手《はくしゅ》する。カサンドラもずいぶん配信業界の空気に馴染《なじ》みつつある。

「それで、カサンドラちゃんはどんな言葉を知りたいの？」

「そうですわね。まずは基本的なところ……草というのはなんでしょう？」

「草は笑いを表す記号みたいなものだね。(笑)を省略してワラ。それを更《さら》に省略してローマ字一文字でｗ。このｗを横にたくさん並べると草みたいに見えるでしょう？」

「たしかに見えますわね」

「でしょ？　だから、笑わずにいられない発言に対して草生える。物凄く笑わずにはいられない発言には大草原不可避《ふかひ》なんて言ったりするの」

余談だがワラの後に藁《わら》と表した時期もある。最近はｗに移行しているが、ｗはあまりにネット用語っぽさが強いことから、あえて(笑)を使用するケースもある。

そういったコメントも、セシリアの解説に伴《ともな》って流れた。

「なるほど……笑いを示す記号一つにも色々とあるんですわね」

「後はスタンプとか顔文字とか……この辺は見たら分かるから割愛《かつあい》しよっか」

そうですわね――と、カサンドラはコメントに視線を向ける。

カサンドラのリスナー達も顔文字やスタンプを使うことがある。けれど、それらの感情表現は基本的に共通認識だ。説明されるまでもなく、見ればなんとなく察することが出来る。

「では、次は前回も聞きましたが、知らない人もいると思いますので、てぇてぇについてお願いいたしますわ」

「てぇてぇは尊いのことだね。感動しすぎて尊いと言えなくなった感じを表してるよ。百合《ゆり》やＢＬのカップルに使うケースが多いんじゃないかな」

「舌っ足らずになっているイメージなんですね。そして――出ましたわね。では、次はその百合とＢＬについても教えてくださいませ」

「じゃあまずは百合から。百合は女性同士のカップルのことだよ。友情に近いソフトな百合から、ディープなガチ百合まで、幅広《はばひろ》く百合と表現するよ」

「ということは、ＢＬは違《ちが》うんですの？」

カサンドラが小首を傾《かし》げて問いかけると、セシリアは少しだけ難しい顔をした。

「ＢＬはもともと、男性同士のプラトニックな関係を示すことが多く、ディープな関係は別の言葉を使用していたんだよね。でも、最近はそっちの言葉が差別用語的なニュアンスになっちゃって使われなくなってきてるの。だから、ＢＬも最近は幅広い意味で使われるかな？」

『そういえば、最近は全部ＢＬって書いてるよな』

『そっか。なんでだろうって思ってたけど、そういう理由か』

『BLはてぇてぇよ！』

セシリアの解説をきっかけに、そういったコメントが流れる。

「ちなみに、BLをこよなく愛する女性は基本的に、攻《せ》めの反対を受けと口にするよ」

『え、それ、BL関係ある？』

『もともと、攻めの反対は受けよね？』

『いやいや。攻めの反対は守りだろ（笑』

『BL好きをあぶり出す有名な質問だなw』

阿鼻叫喚《あびきょうかん》になるコメント欄。

余談であるが、攻めが男性役、受けが女性役という認識《にんしき》で大体あっている。攻め×受けでカップリングを表記するため、A×BかB×Aかで戦争が始まることも珍《めずら》しくない。

「じゃあ次は、よく聞く、出荷《しゅっか》よーについて教えてくださいませ」

「豚《ぶた》は出荷よーね。これはソンナーと返すまでがセットね。最近は暴走したり、余計なことを言った人に使うことが多いかな？」

「たしかに、わたくしのお友達も、そういう意味で使っているイメージですわね」

カサンドラはそう呟《つぶや》いた。それから紅茶を一口。他にどんな言葉があったかしらと首を傾げる。そして思い出したのは、自分の配信で比較的《ひかくてき》よく目にする言葉だ。

「じゃあガチ恋勢《こいぜい》とユニコーンはどういう意味なんですの？　なんとなくの意味は分かるんですが、その二つの違いは何処《どこ》にあるのでしょう？」

「ガチ恋勢はその言葉の通りだね。アイドルや配信者に本気で恋をしている人達。それ自体が悪い訳じゃないんだけど、問題は暴走する人が多いことね」

「暴走する人をユニコーンと呼ぶのですか？」

「似ているけど、イコールじゃないよ」

「……といいますと？」

小首を傾げるカサンドラに対し、セシリアは苦笑いを浮《う》かべる。

「神話のユニコーンって、乙女《おとめ》にしか懐《なつ》かないんだよね。しかも、乙女じゃない相手には攻撃的《こうげきてき》だし、乙女じゃないと分かった途端《とたん》、騙《だま》されたと怒《いか》り狂《くる》って相手を殺してしまうの」

ちなみに地球に存在する神話の話である。だが、世の中の男性でも、似たような行動を取る者が少なくない。そういった者のことをユニコーンと評するのだ。

「では、次はアーカイブについてお願いしますわ」

「アーカイブは一般的《いっぱんてき》には書庫や保存された記録のことだよ。でも私達がアーカイブって言うと、ライブ配信のデータのことで、動画ファイルとして、ライブの内容を後から確認《かくにん》できるようになるんだ。ちなみに、その見所を編集したのを切り抜き動画なんて言ったりするよ」

「切り抜きですか……」

カサンドラは異世界の動画を見ることが出来ないのでピンときていない。

ただ、彼女の配信は二十四時間垂れ流しなので、寝《ね》ていたりとなにもしていない時間も多い。そのため、実は見所を集めた切り抜き集が多く出回っている。

——と、そんな感じで、用語についてのやり取りが続く。そうして一通りの解説を終えたところで、そろそろお茶会も締《し》めに入ることになった。

「今日はありがとうございました」

「うぅん、私もカサンドラちゃんのお役に立てて嬉《うれ》しいよ！　次回はどんなコラボがいいかな？　カサンドラちゃんはなにか希望ある？」

「うぅん。さっきも言いましたが、私はまだその辺りがよく分からなくて……」

「そういえば言ってたね。じゃあ、リスナーに聞いてみるのはどうかな？」

『え、俺達《おれたち》の出した企画を採用してくれるの？』

セシリアの言葉にリスナー達がざわついた。

そして物凄い勢いで流れ始めるコメントの数々。二人合わせてチャンネル登録者数は百万以上、しかも直近で登録した者が多い。勢いのある二人のチャンネルは同接数も自然と多くなる。

様々な企画を書いたコメントはとてもじゃないが目で追いきれない。

「うわわ、こんな速度拾いきれないよ」

真っ先に音を上げるセシリア。

直後、ノクシアのコメント欄に**『そういうことなら私にお任せください』**と、青文字——つまりはモデレーターに登録された人物のコメントが流れた。

「あれ、いまのはマネージャー？」

水瀬《みなせ》マネージャー。かなこな所属のマネージャーで、ノクシアの担当だった女性だ。ノクシアの失踪後は他の業務に就《つ》いていたが、先日の一件でマネージャーに復帰した。

おもに、ノクシアの配信のアーカイブを纏《まと》めて公式へ投稿《とうこう》するお仕事をしている。そんなマネージャーのコメントを目にしたセシリアは、一度ストップと口にする。

それからほどなくしてコメントの勢いが止まる。

『**ノクシア。よろしければ私の方で企画を募集《ぼしゅう》いたしましょうか？**』

「あ〜それは助かるかも。カサンドラちゃん、それでいい？」

「わたくしとしても助かりますが……そのようなお仕事を頼《たの》んでも大丈夫《だいじょうぶ》なのですか？」

異世界の視聴者はノクシアやカサンドラにスパチャを送ることが出来る。けれど、こちらから異世界にお金や品物を送ることは出来ない。

ただ働きさせてしまうのではと心配するカサンドラに、セシリアは大丈夫だと笑う。

「私のアーカイブを纏めて、ノクシアのアカウントにアップしてもらう契約《けいやく》をしたの。そっちの利益がかなこなの収益になるから心配はしなくて大丈夫だよ！」

先日、セシリアがマネージャーを通じてかなこなと再契約した内容だ。

ノクシアによる異世界配信のアーカイブをかなこなが使用する。その権利と引《ひ》き換《か》えに、ノクシアはいままで通り、かなこな所属のノクシアとして活動できるという契約である。

その一環《いっかん》で、マネージャーも復帰している。

それを聞いたカサンドラは、そういうことならとお願いする。

「決まりだね！　じゃあみんな、ＳＮＳに　#侯爵令嬢の破滅《はめつ》実況《じっきょう》　と付けて、私達にやって欲《ほ》しい企画を呟いて！　それを水瀬さんが私に教えてくれるようにするから！」

『了解《りょうかい》！』

『呟いてくる！』

『ショップに売ってる服でファッションショーが見たい！　って書いてきた！』

なんてコメントが流れ始めた。

それを横目に、カサンドラはセシリアに対して視線で合図を送った。

「という訳で、今日の配信はここまで。さてさて、みんなの夜は華やかになりましたか？　かなこな所属のＶＴｕｂｅｒ、ノクシアと――」

「カサンドラがお送りいたしましたわ！」

「それじゃ、おつやみ～」

「お疲《つか》れ様ですわ！」

セシリアが配信を切り――けれど、カサンドラの配信はそのまま続く。

『カサンドラお嬢様、配信切り忘れ？』

『切り忘れて伝説になっちゃう？』

「もう、皆さん？　わたくしの配信が二十四時間垂れ流しだって知っていますでしょ！」

カサンドラの突《つ》っ込《こ》みに対し、コメント欄が草で埋《う》め尽《つ》くされた。

こうして、カサンドラの配信は今日も続いていく。

あとがき

モノクロの世界に彩《いろど》りを、緋《ひ》色《いろ》の雨《あめ》です。

あとがきに使えるページが少ないので色々と割愛《かつあい》しますが——まずは、今作をお手にとってくださってありがとうございます！

最近ＶＴｕｂｅｒモノが流行っているようで、それらを追っかけているうちにＶＴｕｂｅｒの配信も見るようになり、ついには自分でＶＴｕｂｅｒモノを書き、自分がＶＴｕｂｅｒにもなりました。なにを言っているか分からない？　大丈夫《だいじょうぶ》、自分でもよく分かりません。

デビューはまだなんですが、カクヨムの大賞賞金でモデルを作ってもらったり、機材を買いそろえたりしたので、花粉症《かふんしょう》の時期が終わったらこっそり配信します。

雑談中心で、作品についても語ったりを予定しています。リットリンクにＹｏｕｔｕｂｅチャンネルへのリンクが張ってあるので、興味がある方はご覧ください。

リットリンクへのリンクは緋色の雨のＸ（@tsukigase_rain）にあります。今後の予定なども告知していますのでよければフォローしてください。

最後に、担当様、イラストレーター様、デザイナー様、校正様、今作に関《かか》わったすべての皆様《みなさま》、ありがとうございます。

それでは皆様、また次巻でお会いできることを願って——緋色の雨。

DRAGON NOVELS
ドラゴンノベルス

侯爵令嬢の破滅実況
破滅を予言された悪役令嬢だけど、リスナーがいるので幸せです

2024年4月5日　初版発行

著　　者　緋色《ひいろ》の雨《あめ》

発 行 者　山下直久

発　　行　株式会社 KADOKAWA
〒102-8177　東京都千代田区富士見 2-13-3
電話 0570-002-301（ナビダイヤル）

編　　集　ゲーム・企画書籍編集部

装　　丁　アオキテツヤ（ムシカゴグラフィクス）

D　T　P　株式会社スタジオ２０５ プラス

印 刷 所　大日本印刷株式会社

製 本 所　大日本印刷株式会社

DRAGON NOVELS ロゴデザイン　久留一郎デザイン室+YAZIRI

●お問い合わせ
https://www.kadokawa.co.jp/（「お問い合わせ」へお進みください）
※内容によっては、お答えできない場合があります。
※サポートは日本国内のみとさせていただきます。
※Japanese text only

定価（または価格）はカバーに表示してあります。

ISBN978-4-04-075333-1　C0093